고양이 탐정은 양파를 먹는다

명탐정 냥록 냥즈

히로모토 ヒロモト

1986년 모처에서 고양이와 함께 태어났다. 글자라면 쓸 수 있다는 안이한 발상으로 2013년부터 '소설가가 되자' 사이트에서 활동을 시작했으며, 2018년 《명탐정 냥록 냥즈: 고양이 탐정은 양파를 먹는다》로 제6회 인터넷소설대상을 수상했다. 고양이와 고양이를 사랑하는 인간들이여, 모두 모여라!

옮긴이 이연승

아사히신문 장학생으로 유학, 학업을 마친 뒤에도 일본에서 게임 기획자, 기자 등으로 활동했다. 귀국 후에는 여러 분야의 재미있는 작품을 소개하고 우리말로 옮기는 일에 집중하고 있다. 옮긴 책으로 아오사키 유고의 《체육관의 살인》 시리즈를 비롯해 우타노 쇼고의 《D의 살인사건, 실로 무서운 것은》, 아키요시 리카코의 《성모》, 미쓰다 신조의 《붉은 눈》, 시즈쿠이 슈스케의 《범인에게 고한다》, 《염원》, 오츠이치의 《하나와 앨리스 살인사건》, 이노우에 마기의 《그 가능성은 이미 떠올렸다》, 나카야마 시치리의 《히포크라테스 선서》, 《테미스의 검》, 《악덕의 윤무곡》 등이 있다.

NEKO TANTEI WA TAMANEGI WO KAJIRU
NYALOCK NYAMES NO MEISUIRI

Copyright © 2019 by Hiromoto, Tobihachi
Original Japanese edition published by Takarajimasha, Inc.
Korean translation rights arranged with Takarajimasha, Inc.
through Danny Hong Agency.
Korean translation rights © 2020 by Studioodr

고양이 탐정은 양파를 떠는다

명탐정
냥록 냥즈

히로모토 지음 | 이연승 옮김

猫探偵はタマネギをかじる　ニャーロック・ニャームズの名推理

목차

생명과 폐기물 사이

1

오늘 밤은 완벽한 고양이 달 밤이다.

저런 달을 인간은 초승달이라 부른다고 한다.

우스운 이야기다.

내 주인인 하리모토 부인, 즉 하리모토 시노부는 침대에서 쌔근쌔근 평온한 숨소리를 내며 잠들어 있다.

난 부인이 고양이용품을 담은 냐옹 박스에 머리부터 다이빙해서 나비넥타이를 찾았다.

"……여깄다."

찾아낸 나비넥타이를 목걸이에 달고 냐옹 박스에서 쓱 빠져나와 다다미 위를 타다닥 달려 화장대 위로 폴짝 뛰어오른 나는, 등허리를 최대한 쭉 펴서 머리부터 인간들이 '젤리'라고 부르는 뒷발바닥 볼록살까지 온몸의 매무새를 확인했다.

"살을 좀 빼는 게 나으려나?"

거울에 비친 눈이 동글동글한 치즈태비 고양이*(바로 나다)는 지난달보다 더 살찐 것처럼 보였다.

"기분 탓이야."

길고양이 시절 내 털은 더럽고 땀에 젖어 눅눅했지만 지금은 고양이용 샴푸, 이른바 냥푸 덕분에 온몸의 털이 복슬복슬 풍성하다.

그래서 뚱뚱해 보이는 것일 테다.

응. 나비넥타이도 아주 잘 맸어.

나는 젤리와 꼼꼼하게 다듬은 발톱을 보며 '이렇게까지 깔끔할 수 있다니' 하고 자화자찬하고 콧노래를 흥얼거리며 기분 좋게 화장대에서 다다미로 뛰어내렸다.

"오 마이 캣!"

착지할 때 젤리에 전해진 충격이 예상보다 강해서 비틀거리고 말았다.

괜히 폼 잡는답시고 두 다리로 착지하는 게 아니었다.

……아니, 이제는 인정하자.

살이 찐 것이다. 아주 조금.

---

* 노란 털의 줄무늬 고양이

나는 고양이용 현관을 통해 밖에 나가 가다랑어 언덕 공원을 향해 걸었다.

뜨겁지도 차갑지도 않은 기분 좋은 산들바람이 내 수염을 흔들었다.

이 마을, 가다랑어 언덕의 밤은 어두우면서도 밝다.

녹음이 짙고 즐길 거리가 얼마 없는 시골 마을이라 인간들이 불 끄는 시간이 이르다.

대신 하늘이 높다. 그래서 예쁜 고양이 달이 뜬 밤에는 달빛과 하늘을 가득 수놓은 별빛이 거리 등불 빛보다 밝게 느껴진다.

하늘이 높아 보이는 이유를 냥즈는 '높은 건물이 없어서'라고 했다.

오, 그러고 보니 냥즈는 오늘 어디 갔을까? 내가 냥즈의 이야기를 대신 하는 이야기꾼 역할을 맡기로 한 날부터 그는 왠지 심기가 불편해 보였고 오늘은 마침내 낮부터 집을 나가 아직 돌아오지 않았다.

뭐가 그리 쑥스러운 걸까.

"안녕하세요."

"여어, 냐트슨 씨. 오늘 기대하고 있습니다."

"아뇨, 아뇨. 너무 기대하지 않으시는 게……."

"겸손하시기는!"

공원에 가까워지자 고양이와 개, 새 들이 내게 말을 붙이기 시작했다.

가다랑어 언덕 마을은 신기한 곳이다.

동물을 기르는 주민이 제법 많은데 대다수가 방치해서 기른다.

그래서 다른 마을에서는 조금 보기 드문 동물이 아무렇지 않게 거리를 걸어 다니고는 한다.

드디어 나는 공원에 다다랐다.

"아…… 오오!"

공원에는 내 예상을 뛰어넘는 수의 동물이 모여 있었다.

어둠 속에서 고양이들의 형형한 눈을 보면 나도 놀라 질겁 냥겁을 하는데 인간들이 보면 엉덩방아를 쿵 찧지 않을까?

하지만 그럴 걱정은 없다. 이곳에 잔뜩 모인 고양이들이 다 함께 '인간이여, 오늘 밤만은 이곳에 오지 말랴옹' 하고 기도하면 어지간해서는 인간이 오지 않는다.

고양이들은 평범한 인간들이 생각하는 것보다 더 자주 고양이 회의를 열지만, 인간은 고양이 회의가 열리는 것은 고사하고 기르는 고양이가 사라진 것조차 눈치채지 못한다. 과학 같은 것으로는 결코 설명할 수 없는 고양이의 신비한 능력이다.

　나는 모인 동물들을 곁눈질하며 공원에 세 개 있는 콘크리트파이프 맨 위에 우뚝 섰다.

　연설가가 된 기분이다.

　내가 인사로 젤리를 살랑살랑 흔들어 보이자, "냐옹" "야옹" "캬옹" "컹컹" "짹짹" "크르르" 하는 울음소리가 울려 퍼졌다.

　"……냐헉."

　격렬하게 휘몰아치는 후회의 파도! 케이브의 꼬드김에 넘어가 냥록 냥즈의 이야기꾼 역할을 맡는 게 아니었다.

　잘 설명할 수 있을까.

　"냐트슨 씨. 자, 그럼."

　"아…… 네."

　나를 후회의 소용돌이에 빠뜨린 장본견 케이브의 지시를 받아, 나는 냥호흡을 두 번 하고 입 주변을 혀로 한 번 할짝대고 나서 간신히 목소리를 쥐어짰다.

　첫마디는 정해져 있다.

　"내 이름은 냐트슨. 나는 지금부터 내 친구 냥록 냥즈에 대해 냥하려…… 아니, 말하려 한다."

시작부터 보기 좋게 말이 헛나오고 말았다.

내 이름은 냐트슨.

나는 지금부터 내 친구 냥록 냥즈에 대해 냥하려…… 아니, 말하려 한다.

내 친구이자 파트냥인 냥즈는 잿빛 섞인 은색 털을 지닌 몸집이 날렵하고 예쁜 고양이(종족은 모른다)로, 잡종묘인 내 눈에는 보기 부러울 정도의 기품을 갖췄다.

이 이야기는 길고양이였던 내가 '가다랑어 언덕시 가다랑어 언덕 마을'에 첫걸음을 내디딘 순간부터 막이 오른다.

수풀을 헤치며 간신히 인간이 사는 마을인 가다랑어 언덕에 다다른 나는 '아아, 나는 이곳에서 살게 되겠군' 하고 직감했다.

이 시골 마을을 보며 수염이 떨리는 뭔가를 느낀 것이다.

그렇다면 가장 먼저 몸을 누일 곳을 찾아야 했다.

고양이는 영역에 민감하다.

아무 곳에나 가서 눌러앉았다가는 영역 싸움이 일어날 게 뻔했다.

게다가 나는 싸움을 좋아하지 않는다.

그래서 나는 고양이 입에서 입으로 전해지는 정보를 수집하다가 운 좋게 가다랑어 언덕의 발 넓은 고양이를 만나 "뭐좋은 소식 없습니까?" 하고 물었다.

"흠…… 실은 냥록 냥즈라는 고양이가 지금 동거묘를 찾고 있습니다. 그를 만나보는 게 어떨까요? 그와 친해지면 이동네에서는 살기 수월해질 겁니다. 그런데 그는 좀 까다로운면이 있어서요. 나쁜 고양이는 아니지만 가까이 다가가기 힘들다고나 할까요. 보이지 않는 벽 같은 게 있지요."

"흐음, 보이지 않는 벽이라……. 냥즈 씨라고 하셨나요?"

동거라는 형태가 독신묘인 나로서는 조금 거부감이 들었지만 어쩔 수 없었다.

냥즈라는 고양이는 이 동네 고양이들에게 신뢰가 두터운 듯하니 얼굴과 이름을 알아두어서 나쁠 건 없었다.

"꼭 한번 만나보고 싶군요."

"오, 그렇다면 제가 자리를 주선해보죠."

그리하여 나는 냥즈와 밤 8시에 가다랑어 언덕 공원 콘크리트파이프 위에서 만나기로 약속했다.

"남쪽에서 오셨습니까?"

냥즈는 나를 보자마자 그렇게 물었다.

눈매가 날카롭고 나도 모르게 뒷걸음질 칠 정도의 위압감을 내뿜었다.

반면에 뽀송뽀송하고 아름다운 은빛 털과 빨려 들어갈 것 같은 에메랄드빛 눈동자.

여느 고양이와 다른 기품과 아름다움을 갖추고 있었다.

그는 단연코 내 묘생에서 넘버원 핸섬 캣이었다.

듣던 대로 아우라가 대단해서 가까이 다가가기 어려운 수컷이었다.

보이지 않는 벽을 확실히 느꼈다.

그러나 나는 이 고양이의 마음에 파고들기로 했다.

동거묘가 되려면 우선 친구가 되어야 한다.

그리고 친구는 대등한 존재다.

여기서 물러서면 나는 이 고양이와 대등한 관계가 될 수 없을 거라 판단해 젤리를 한 걸음 내디뎠다.

"그렇습니다만…… 혹시 누구에게 들으셨습니까?"

냥즈는 뭔가에 흠칫 놀랐는지 눈을 살짝 크게 뜨고 나직이 "오" 하고 말했다.

"……아뇨, 아뇨. 아직 선선한 시기인데도 당신 털에 이의 알이 붙어 있어서요. 오늘은 젤리 악수를 삼가기로 합시다."

"그렇군요. 저는 태생이 길고양이인지라. 이거 실례."

나는 파이프 위에 발라당 드러누워서 이엇차 하고 몸을 비볐다.

"그래봐야 소용없습니다. 조만간 지루에 걸릴 겁니다. 조심하십시오. 아무리 물이 싫어도 깨끗이 씻기를 게을리하면 안 됩니다."

"지루? 제가 아는 고양이 중에 그런 이름은 없습……."

거기까지 말하고서 깨달았다.

냥즈는 내가 물을 싫어한다는 걸 어떻게 알았을까.

"혹시 전에 우리가 어디선가 만난 적이 있나요?"

"아뇨, 오늘 초면이 확실합니다."

"그럼 어떻게……?"

"추리, 아니, 그저 관찰이지요. 눈이 퀭합니다. 탈수 증상이에요. 더 나쁜 말은 하지 않겠습니다. 심각한 병에 걸리기 전에 몸을 깨끗이 씻고 물을 드십시오."

냥즈는 그 뒤에도 나의 퍼석퍼석한 피부, 말할 때마다 보인다는 바짝 마른 입속, 그리고 목덜미 살갗을 쭉 잡아당겨 탄력이 없는 것을 지적했다.

"증거가 이렇게 많으니 물을 싫어한다고 판단할 수밖에 없지요."

"놀랍군요……. 꼭 마법 같습니다."

"그저 관찰이라고 했습니다. 냐트슨 씨. 아니, 냐트슨 군이라고 불러도 되겠지요? 저는 당신을 동거묘로 정했습니다."

기쁜 한편으로 신기한 일이었다.

"왜 곧 병에 걸릴 만한 저 같은 고양이를?"

"간단합니다. 당신이 가출냥이니까요. 이 일대에는 길고양이들만 있어서 다들 인간과 친하지 않습니다. 사정상 제 동거묘는 인간과 친하지 않으면 곤란해요."

나는 충격을 받았다.

가출냥이라는 것까지 알아차릴 줄이야!

"그 무슨 실례되는 말을! 전 태생이 길고양이라고 했을 텐데요!"

"냐트슨 군. 시간과 장소에 따라 다르긴 하지만 거짓말을 하면 안 되네. 조금 전 자네가 파이프 위에 드러누웠을 때 중성화 수술 자국이 보이더군. 자네가 누군가의 반려묘였다는 증거지. 길고양이가 중성화 수술을 받은 증거인 '왼쪽 귀 커트'도 보이지 않아. 냐트슨 군, 나는 고요를 좋아하네. 발정기 고양이의 아우아우 우는 소리는 질색이야. 그 점에서 자네는 문제가 없지. 이게 결정적인 이유일세."

"……."

나는 할 말을 잃었다.

"냐트슨 군. 어째 그리 멍하니 있나? 얼른 이리로 오게. 실은 이곳은 고양이 회의가 열리는 곳일세. 오늘 밤은 고양이 달이 뜨는 밤. 이제 고양이가 하나둘 모여들 거야. 외지묘인 자네가 이곳에 오래 머무르는 건 현명한 선택이 아니지 않겠나?"

"이…… 이게 어떻게 된 일이지? 냥즈!"

"다 자네를 위한 걸세, 냐트슨 군."

냥즈를 따라서 간 곳은 어느 다세대주택의 한 집이었다.

현관에는 고양이 전용 출입구가 있고 고양이 사료와 장난감도 있는 곳에서, 우리는 먼저 살던 고양이 몇 마리의 호기심 어린 눈빛을 무시하고 눅눅한 수건에 발을 닦은 후, 현관

앞 턱을 폴짝 뛰어넘었다.

그리고 나는 집 안에 들어가자마자 집주인인 여대생 하리모토 부인에게 붙잡혀 욕실에 끌려가서 목욕을 했다.

속옷 차림에다가 머리를 말총머리로 묶은 부인은 눈이 크고 반짝반짝해서 왠지 고양이가 연상됐다.

"냐트슨 군, 걱정 말게. 부인은 테크니션이니."

"캬오옹! 하악!"

"야옹이, 얌전히 있어! 오늘부터 넌 우리 집 아이야!"

"야, 야옹이라니?"

"냐트슨 군. 부인에게 모든 고양이는 야옹이라네. 체념하게."

"제기냥! ……하지만."

적당한 온도의 따뜻한 물, 놀라울 만큼 빠르게 움직이는 부인의 손가락. 얼굴 부근을 씻는데도 눈, 코, 입에는 물이 한 방울도 튀지 않는다.

나는 부인이 최소한의 물과 샴푸를 써서 신속하면서도 신중하게 나를 씻기고 있다는 것을 깨달았다.

믿기 어렵게도 물을 질색하는 내가 몸이 깨끗해지는 기쁨까지 느끼고 말았다.

이것이 진정한 목욕이라는 걸까? 테크니션이 확실하다.

"다 됐다! 말끔해졌네! 자, 그럼 이제."

"시작되는군. 부인의 특, 별, 서, 비, 스가."

"특별 서비…… 스냥?"

소스라치게 놀랐다.

부인이 오른손에 드라이어를 들고 바람을 쐬이면서 내 이마를 툭툭 치자 나는 뒤로 발라당 쓰러졌고, 부인의 왼손 손가락이 내 배와 턱을 애무하듯 상냥하게 쓰다듬자 승천하는 기분을 맛보았다.

"크으…… 그릉그릉그릉……."

나는 나도 모르게 가르릉 소리를 내며 갈팡질팡하는 사이 귀 청소를 당하고 발톱이 깎이고 고리 안쪽에 이 집 연락처와 주소가 적힌 목걸이까지 차고 말았다.

"내가 말했잖은가? 부인은 테크니션이라고!"

냥즈는 그런 나를 보며 눈을 가늘게 떴다.

"……젠냥할! 이제는 마음대로 해!"

나는 모든 것을 체념했다.

그 후 나는 해묵은 접시 위에 올린, 싸구려는 아닌 듯한 부드럽고 육즙 가득한 치킨 맛 고양이 캔을 쩝쩝 먹고 난생처음으로 잡미가 없는 깨끗한 물을 마셨다.

시원하고 부드러운 물. 충격이었다.

"이게 물이라고? 이렇게 맛있을 수가!"

"이 집 정수기는 성능이 제법 좋지."

정수기란 '물을 깨끗이 하는 기계'라고 했는데, 고양이를 좋아하는 할머니의 좁은 집에서 수많은 고양이에게 둘러싸여 살면서 어쩐지 탁하고 피 냄새가 나는 더러운 물을 마시는 물로 믿었던 나는 물이라는 것을 새삼 다시 보게 되었다.

이런 물이라면 매일 마셔도 좋다.

밥을 다 먹고 잠시 쉬고 나서 냥즈에게 이 집의 규칙을 배웠다.

"이곳이 화장실일세. 자네는 검은 쪽을 쓰게. 발톱을 가는 스크래처는 저기. 난 저런 건 필요 없어서. 그리고……."

"이제 됐네, 됐어."

"응? 냐트슨 군, 어쩐지 언짢아 보이는데?"

"당연하지. 설마 자네에게 주인이 있을 줄은 몰랐으니까. 어느 신사神社의 처마 밑 공간을 나눠 쓰는 줄로만 알았더니……. 그런데 냥즈, 자네는 왜 동거묘를 찾고 있었지?"

"흠, 자네가 내 일을 도와줬으면 해서."

"일? 무슨 일 말인가?"

"조만간 알게 될 걸세."

"야옹이! 우리 야옹이! 이제 자지 않을래?"

머리카락을 풀고 고양이 얼굴이 잔뜩 그려진 분홍색 트레이닝복, 아니, 트레이냥복(?)으로 갈아입은 부인이 누군지 모를 고양이를 불렀다.

"응? 부인이 부르는군. 함께 잘 고양이를 찾는 듯하네. 냐트슨 군, 자네가 가보는 게 어떻겠나?"

"무슨 말도 안 되는 소리를!"

"냐트슨. 자네가 '고양이 신사'를 자처한다면 식사를 대접받은 사례로 한 번쯤은 곁을 내줘도 좋지 않을까? 이건 드러내놓고 할 말은 아니지만, 사실 부인은 침대에서도 꽤나 테크니션이라네."

"난 고양이 신사를 자처한 적 없네. 그런데 자네 말도 아예 틀리지는 않는 것 같군. 오늘 하룻밤만은 그렇게 하지."

실은 오랜만에 침대에서 자보고 싶었다.

"솔직하지 못하군…… 그럼 좋은 꿈 꾸게나."

냐즈는 안락의자 위에 깔린 이불 속으로 들어갔다.

그곳이 냐즈의 전용석으로 보였다.

"흐음……."

"아차, 깜빡했군."

"뭐지?"

"앞으로 잘 부탁하네, 냐트슨 군."

"응."

나는 젤리를 앞으로 내밀었지만 냥즈는 젤리를 가볍게 들어 올리기만 했다.

악수할 마음은 역시 없는 듯했다.

이렇게 깨끗이 씻었는데…… 냐흥!

"갸릉갸릉…… 갸르릉♪"

냥즈의 말마따나 부인은 침대 위 테크닉이 대단했다.

나는 따스한 이불 속에서 목과 배를 보드랍게 쓰다듬는 부인의 천사 같은 손길을 느끼며 오랜만에 평온하고 깊은 잠에 빠져들었다.

2

그날 이후로도 나는 한동안 냥즈가 말한 '일'이 무엇인지 알지 못했다.

냥즈는 부인이 깜빡하고 끄지 않고 간 라디오를 꾸벅꾸벅 졸면서 듣고 온종일 마을을 어슬렁거렸으며, 마음에 드는 콘크리트 담장 몇 군데와 미끄럼틀 위에서 한가롭게 일광욕을 하고 목에서 가릉가릉 소리를 울리며 인간들을 지그시 관찰하는 일상을 보냈고, 나는 그 옆에 앉아 이따금 입을 여는 냥즈에게 적당히 야옹야옹 맞장구를 쳐주었다.

그리고 시간은 순식간에 흘러 나는 냥즈에 대해 알아낸 것들을 정리해보았다.

인기: 이유는 모르겠지만 고양이와 인간에게 모두 높음.

냥냥펀치: 강함.

성욕: 없음.

식욕: 약함. 그러나 양파와 초콜릿을 좋아함.

지식: 놀라울 만큼 풍부함.

냥즈는 중성화 수술을 하지 않았고 잘생긴 데다가 인기도 많지만 성욕은 전혀 없어 보였다.

냥즈는 말했다.

"나는 암컷 고양이들과 놀 시간이 없네. 고양이에게 주어진 시간은 놀라울 만큼 짧지. 뭐 자네에게 말해봐야 이해하기 어렵겠지만."

그 말을 듣고는 조금 화가 났다. 냥즈는 분명 머리가 좋지만 다른 고양이를 깔보는 면모가 있는 것 같다.

그러니 나 말고는 친구가 없는 것이다.

냥즈의 냥냥펀치. 그는 부인 집에 있는 캣그라스를 상대로 자주 냥냥펀치를 연습했다.

냥냥펀치는 빠르고 묵직해 냥즈가 절대 허약하지 않은 고양이임을 증명했다.

그리고 냥즈가 좋아하는 양파와 초콜릿. 그것이 문제였다.

냥즈는 주머니에 늘 작은 양파와 초콜릿 조각을 갖고 다니며 종종 그것들을 깔짝였다.

그때마다 평소에는 시크한 냥즈가 큰 소리로 울거나, 젤리로 바닥을 툭툭 치며 신음하다가 부인의 복사뼈에 태클을 하고는 해서 몹시 으스스했다.

양파와 초콜릿이 고양이에게 좋지 않다는 것은 나도 알고 있기에 나는 친구로서 진심이 담긴 말로 그를 끈질기게 몇 번이나 설득했다.

냥즈가 아무리 "내 뇌에 일정한 자극을 주기 위해 필요한 것들일세. 자네 같은 고양이들은 이해 못하겠지만! 난 특이체질이라 이런 걸 조금 깔짝인다고 해가 되지 않아!"라고 주장해도 나는 매일 그의 양어깨에 젤리를 얹고 눈을 보며 계속 설득했다.

"친구의 건강을 걱정하지 않는 고양이는 이 세상에 없네!"

내 진심이 전해졌는지 그는 내가 보는 곳에서는 양파를 깔짝이지 않게 되었다.

내 열의와 우정이 자존심 강한 나르시시스트 캣을 바꾼 것이다.

천상천하유아독존 고양이 냥즈가 내 설득 덕분에 양파를 깔짝이지 않게 됐다는 빅뉴스는 눈 깜짝할 사이에 가다랑어 언덕에 널리 퍼졌고, 나는 이곳에 온 지 얼마 안 된 고양이인데도 가다랑어 언덕 마을에 사는 동물들의 존경을 한 몸에 받는 존재가 되었다.

엣헴.

어느 날 나는 안락의자 위 이불 속에 들어가 있는 냥즈에게 물었다.

"냥즈. 자네는 인간을 퍽 좋아하지?"

냥즈의 예쁜 눈동자가 내게 향했다.

"좋아하지, 냐트슨. 내 지적 호기심을 채워주는 존재로서 말이야. 매일 보고 있어도 도통 질리지 않네. 고양이 중 가장 뛰어난 두뇌를 지닌 나조차 평생 그들을 아주 조금밖에 이해하지 못하겠지."

고양이 중 가장이라니! 고양이들이 발끈할 한마디를 꼭 덧붙이는 수컷이다.

그것이 오만이라고 딱 잘라 부정할 수 없는 것이 또한 분할 따름이다.

"그러니 자네는 발정이 나지 않는 건가? 자손 번식, 그러니까 자네 유전자를 후세에 남기고 싶지는 않나?"

"이보게, 이보게, 냐트슨. 나는 우선 암컷이라는 생물을 거짓말쟁이라고 알고 있네. 발정? 그 거짓말쟁이에게? 아아! 자손 번식 말이지! 교미하고, 임신하고, 새끼 고양이가 태어나고, 성묘가 되고, 그 고양이가 다시 새끼를 만든다……. 그런 건 수백 년 전에 이미 해답이 나온 문제일세. 내가 따로 실험할 필요도 없지 않은가."

아무래도 냐즈는 감정이라는 것이 결여돼 있는 듯하다.

연구 대상인가 아닌가. 모든 생물을 그런 관점으로밖에 보지 못한다는 건 얼마나 애달픈 일인가.

나는 그가 애처로웠다.

냐즈는 분명 혹독한 환경에서 살다가 정을 느껴보지 못한 채 생을 마칠 것이다.

"자네의 일이라는 건 혹시 인간 연구인가?"

"NO, NO. 그건 아닐세. 내 일은…… 앗! 의뢰가 들어온 모양이군!"

고양이용 현관을 격렬하게 툭! 픽! 하고 두드리는 소리.

"뭐지?"

냥즈가 예의를 가르친 덕에 이 집에 고양이가 드나들 때 노크 소리를 듣는 건 드물지 않았지만 이렇게 크고 격렬한 노크 소리는 처음이었다.

아무래도 고양이가 두드리는 소리 같지 않았다.

"침착하게, 냐트슨! 케이브 씨인가요? 들어오십시오!"

"실례하겠습니다, 냥즈 씨!"

"응······? 개?"

얼빠진 표정의 개가 고양이용 현관으로 얼굴을 쓱 내밀었다.

나는 너무 놀란 나머지 폴짝 점프했다가 그대로 뒤로 꽈당 넘어지고 말았다.

"냐트슨, 얼른 일어나게. 자, 소개하지. 이분은 미니어처슈나우저인 케이브 씨. 2번지에 있는 저택에서 살고 있네. 보다시피 개일세. 케이브 씨. 이 장난기 많아 보이는 고양이의 이름은 냐트슨. 제 파트너입니다."

······개, 저택? 으응? 2번지에 있는 저택? 어딘지 알아!

도베르만 세 마리가 정원을 지키는 그 저택이다.

집 안에서는 이렇게 작은 개를 기르고 있었군.

일단 어떤 동물을 앞에 두고든 인사 정도는 하는 게 매너일 것이다.

나는 일어서서 천천히 고개를 숙였다.

"오, 당신이 냐트슨 씨입니까? 소문은 익히, 앗, 죄송하지만 지금은 느긋하게 자기소개를 할 때가 아닙니다! 냥즈 씨! 사건입니다! 모쪼록 협력해주십시오!"

케이브는 고양이용 현관으로 내민 머리를 연신 숙였다.

놀랍다. 개가 고양이에게 고개를 숙이다니! 냥즈는 개들에게도 신뢰가 두터운 듯했다.

"냥즈, 사건이라니?"

"냐트슨! 일단 설명은 나중에! 얼른 일할 준비를 하지! 케이브 씨, 잠깐만 기다려주십시오. 자, 냐트슨. 내 일이 뭔지 알고 싶다면 일단 세수하고 발톱을 갈고 초콜릿을 한 조각…… 아니, 필요 없겠지. 그런 마약이 없어도 지금 나는 충분히 흥분했으니."

흥, 양파와 초콜릿이 마약이라는 인식은 있었나.

내가 지식이 없는 것을 악용해서 다른 동네에서는 합법이라느니 해악이라고는 없는 좋은 약이라느니 멋대로 지껄인 주제에.

역시 전부 거짓말이었다.

어쩐지 냥즈는 내가 시험 삼아 양파를 입에 물려고 하자 눈에 보이지 않는 속도의 냥냥펀치로 양파를 쳐서 떨어뜨린 적이 있었다.

🐾 🐾

"냥즈! 이게 뭐지? 냥즈!"

"응냥캬옹 ♪ 냥냥카옹 ♪"

냥즈가 "야옹" 하고 나직이 한 번 울자, 부인이 냐옹 박스라고 적힌 골판지 상자를 들고 뛰어왔다.

그리고 미처 도망칠 새도 없이 순식간에 부인에게 붙잡힌 나는 온몸을 빗질당하고 냐옹 박스에서 꺼낸 빨간색 나비넥타이를 목걸이에 매달고 말았다.

"이게 정장일세, 냐트슨. 나는 일할 때 늘 넥타이를 매지. 자네도 앞으로 그렇게 하게."

"뭐라고냥! 앗, 이건 또 뭐지? 목이 간지럽잖아!"

"완성 ♪"

"……굴욕적이군!"

목걸이에 나비넥타이라니. 심지어 한쪽 귀에는 작은 실크

해트까지. 이 모습은 지나치게 반려묘 같지 않은가! 자유로운 길고양이를 자처하며 거리에서 옷 입은 개나 고양이를 볼 때마다 비웃던 내게는 귀가 부르르 떨릴 만큼 부끄러운 상황이었다.

"잘 어울리는군, 냐트슨 군. 어디를 보나 멋들어진 고양이 신사야!"

같은 색 나비넥타이를 목걸이에 매고 한쪽 귀에는 헌팅캡을 쓴 냥즈가 내게 윙크했다.

커플룩이라니! 다 큰 성묘가 커플룩이라니! 너무 심하지 않으냐고 냥즈에게 호소하자 그는 뜻밖이라는 듯이 얼굴을 찌푸리며 말했다.

"자네의 넥타이는 '토마토레드'색. 내 타이는 '다이아몬드 레드'색. 전혀 다르네! 센스가 없군! 자, 그럼 가지, 냐트슨 군. 케이브 씨와 마차, 아니, 견차가 밖에 서 있을 거야."

토마토레드와 다이아몬드레드. 냥즈의 넥타이 색이름이 훨씬 멋지잖아? 이 녀석!

"캬옹! 이제는 될 대로 되라지! 어디든 데려가주게! 다만 냥즈. 자네 일에 대해서는 확실히 설명해줘야 해."

"물론이지, 냐트슨. 자, 가지. 앗, 화장실은 미리 다녀오게."

견차란 그저 개 등 위에 올라타서 이동하는 거였다.

견종 중에서는 몸집이 작은 미니어처슈나우저 케이브와 다른 견차인 시바견 등 위에 올라타서 가는 건 꽤나 스릴 넘쳤고 이런 경험은 처음이라 나도 모르게 흥분하고 말았다.

"냥즈! 이건 나로서는 첫 경험일세! 개 등에 타서 이동할 줄이야!"

"그런가. 흥분되지 않나? 냐트슨, 그럼 내 일에 대한 설명은 조금 더 나중에 해도 되겠나?"

"……아니, 지금 들려주게. 자네 일이라는 게 대체 뭔가?"

"내가 하는 일은…… 동물 세계 최초의 '고양이 탐정'일세."

"고양이 탐정?"

"응. 동물 세계에도 인간 세계와 마찬가지로 지켜야 하는 질서와 규칙이 있다는 건 자네도 알겠지. 그걸 깨부수려는 녀석들을 붙잡아 처벌하는 것이 바로 케이브를 비롯한 동물 경찰, 즉 '동찰'들이야. 그리고 동찰이 수사에 애를 먹을 때 상의하는 존재가 바로 고양이 탐정, 나일세."

"오오, 자네가 동찰에 힘이 돼주고 있다는 말인가? 그렇다면 고양이 탐정이 아니라 차라리 직접 동찰이 되어 힘을 보태면 되지 않나?"

"냐트슨 군, 내가 전에도 말하지 않았나? 우리에게 주어진 시간은 놀라울 만큼 짧다고. 난 한 가지 일에 얽매이고 싶지 않네. 내가 관심 있는 건 동찰로서는 힘에 부치는 어려운 사건들뿐이야. 그리고 동찰은 실력이 뛰어나다네. 대부분의 사건은 그들이 직접 해결하고 있어."

"냥즈 씨께 그런 말씀을 들으니 쑥스럽습니다!"

케이브는 털이 복슬복슬한 꼬리를 살랑살랑 흔들었다. 기뻐하는 것이다.

그 꼬리가 내 엉덩이에 닿아 나는 몹시 간지러웠다.

외출 전 화장실에 다녀오지 않았다면 큰일이 났을지도 모른다.

"저는 마음에 없는 말은 하지 않습니다. 전부 사실이지요."

"에이, 별말씀을!"

냥즈는 분명 빈말은 하지 않는 수컷이다.

그가 칭찬하는 말은 전부 진심에서 우러나오니 상대에게도 직구로 꽂힌다.

"그건 그렇고, 케이브 씨. 우리는 지금 어디 가는 겁니까?"

"아, 이거 실례했습니다. '가다랑어 끝 아파트'에서 조금만 더 가면 나오는 길입니다. 조금 멀지요."

"거기서 무슨 일이?"

"개 한 마리가 죽었습니다. 그것도 대단히 끔찍하게……. 냐트슨 씨. 괜찮으실까요? 이른바 사체라는 것을 확인하러 가는 길입니다만."

"……네? 으음. 괜찮겠지요."

솔직히 자신은 없었다.

피는 좀…….

길고양이 시절 여행 도중 피투성이 까마귀 사체를 발견하고는 보지 않으려고 눈을 감은 채 걷다가 전봇대에 부딪쳤을 정도로는 약하다.

겁이 많아서는 아니다.

절대 아니다.

내가 스스로 그렇게 되뇌고 있자 안색이 나빠진 것을 눈치챈 냥즈가 평소 듣기 어려운 자상한 목소리로 말했다.

"냐트슨 군. 괜찮네. 원래 사체 같은 건 아무리 봐도 익숙해지지 않는 법. 자네의 그 반응이 옳네. 오히려 자랑스럽게 여겨도 돼."

"그렇습니다."

왠지 위로받고 있는 것 같아서 마음이 편치 않았다.

이름 그대로 가다랑어 언덕 끝에 있는 가다랑어 끝 아파트에서 조금만 더 가면 나오는 곳.

우리는 차가 씽씽 오가는 도로 옆 인도에 다다랐다.

"제 이름은 바스커. 보다시피 들개입니다."

자신의 동생을 죽인 범인을 찾아줬으면 한다고 의뢰한 바스커는 뼈와 가죽밖에 없다고 할 만큼 삐쩍 마르고 추레하면서 키가 큰 개였다.

축 늘어진 귀, 공허해 보이는 눈과 대조적으로 마른 피가 묻은 날카로운 엄니가 오싹해서 시크한 길고양이를 자처하던 나조차 명함도 내밀지 못할 정도였다.

살아가기 위해서라면 뭐든지 하는 진짜 야생동물 같다는 인상이었다.

바스커 옆에는 갈색 천이 씌워진 채 파리가 들끓는 뭔가가 있었다. 아마 사체일 터였다.

"처음 뵙겠습니다, 바스커 씨. 제가 냥즈입니다. 이쪽은 제 파트너 냐트슨 군입니다."

"냥즈 씨. 당신에 대한 소문은 익히 들었습니다. 동찰도 젤리를 다 들 만한 어려운 사건도 단숨에 해결하는 명석한 두 뇌를 지녔다고 하더군요. 제 동생을 죽인 범인을 꼭 찾아주 십시오."

"범인?"

"그렇습니다. ……이걸 좀 봐주십시오."

"앗!"

바스커가 천을 위로 들자 너무도 끔찍한 사체가 그 안에 있었다.

"……제 동생 빌입니다."

빌의 사체는 눈알이 빠진 것으로 모자라 몸의 관절이 부자 연스러운 방향으로 꺾이고 장기가 몸 밖에 비집고 나온 탓 에, 나는 조금 전 그루밍을 할 때 먹어버린 털 뭉치가 튀어나 오려는 것을 간신히 참았다.

"오토바이나 전기 자전거였다면 이렇게까지 되지는 않았겠 지요. 트럭이면 이 정도로 끝나지 않았을 테고요. 흐음."

동찰인 케이브조차 이맛살을 찌푸리는데 냥즈는 사체를 눈앞에 두고도 전혀 당황하는 모습을 보이지 않았다.

사체 주변을 빙글빙글 돌며 냄새를 킁킁 맡고, 무슨 의미 라도 있는지 멀리 떨어진 돌 같은 것을 주워 관찰하는가 하 면, 빌의 다리에 끼워진 붉은 고리를 지그시 바라보며 꼼짝도 하지 않는가 싶더니 갑자기 고개를 끄덕거렸다.

설마 정말로 범인을 찾을 작정일까? 나는 바스커에게 들리지 않도록 냥즈에게 냥속말을 했다.

"냥즈. 범인을 찾기는 어려울 것 같네……. 이토록 많은 차가 매일 오가는 곳이니."

"물론 어렵겠지. 못 찾을 수도 있겠군."

냥즈는 젤리를 위로 들어 올렸다.

"냥즈 씨. 저희도 그렇게 생각했습니다만, 이건 너무도 기이하고 보기 드문 사건이라 말씀드린 겁니다."

"기이하고 보기 드문 사건?"

냥즈가 한쪽 귀를 세웠다.

아마 나와 똑같은 생각을 하고 있었을 것이다.

"유족 앞에서 이런 말씀 드리기가 망설여지지만, 도로에서 야생동물이 차에 치이는 게 딱히 보기 드문 일은 아니지 않습니까?"

안타깝지만 분명 보기 드문 일은 아니다.

인도와 차도의 차이를 모르고, 차에 치이면 죽을 수 있다는 것을 모르는 동물이 적지 않다.

"실은 냥즈 씨. 이 사체, 그러니까 빌은 조금씩 이동하고 있습니다."

"네? 이동하고 있다고요?"

"네……. 빌은…… 우리가 살던 곳을 향해 조금씩 이동하고 있습니다."

"뭐라고냥!"

"그런 말도 안 되는 이야기가! 사체가 걷기라도 한다는 말씀인가요?"

나도 모르게 거칠게 묻고 말았다.

"그렇습니다. 빌은…… 죽은 뒤에도 저와의 추억이 깃든 집으로 가려고…… 큿! 이거 실례합니다. 갑자기 눈물이 나서……."

바스커는 고개를 들고 눈물이 마를 때까지 기다렸다.

"사체가 걸었다? 그런 일이. 냐트슨 군. 이건 분명 기이하고 보기 드문 사건이 맞는 것 같군!"

"……사체가 걸었다."

공포에 냥줄기가 서늘해진 나와 달리 눈동자를 반짝이며 꼬리를 쭉 세우고 기쁜 듯이 젤리를 맞대고 비비는 냥즈.

개가 한 마리 죽었는데 이렇게 기뻐하다니, 그야말로 신중하지 못한 처사 아닐까.

나는 처음으로 이 수컷 고양이와 친구가 된 것이 잘못된 선택이었을 수도 있다고 생각했다.

3

냥즈가 "바스커 씨. 죄송하지만 저와 냐트슨 군에게 처음부터 사건을 차근히 설명해주시겠습니까?"라고 묻자, 바스커는 "물론입니다" 하고 흥분 섞인 목소리로 사건의 개요를 설명하기 시작했다.

"저희 형제가 다툰 건 닷새 전입니다. 동생은 집을 뛰쳐나가 행방이 묘연해졌지요."

"흐음."

"그전에도 저희 형제는 자주 다퉈서…… 딱히 걱정하지는 않았습니다. 늘 밤이 되면 면목 없는 표정으로 조용히 돌아오기도 했고요."

"그런데 이번에는 돌아오지 않았다?"

"네. 아무리 기다려도 동생이 돌아오지 않아서…… 걱정된 저는 동찰에 실종 신고를 했습니다. 이 도로 끝에 담장에 둘러싸인 거대한 주차장 있죠? 빌은 그곳에서 처참한 시신으로 발견됐습니다. 뒤늦게 후회되더군요. 다투는 게 아니었다고."

"흐음……."

"그리고 그날은 그대로 집에 돌아갔습니다."

그 말에 나는 흠칫 놀라서 바스커에게 과감하게 질문을 던졌다.

"그대로 돌아가셨다고요? 묻어주지 않고요?"

"묻는다고요? 그게 뭐죠?"

나는 그에게 '매장'에 대해 설명했다.

"음. 그건 인간들의 방식 아닌가요? 저희 같은 들개는 죽으면 벌레들에게 잡아먹혀 흙으로 돌아가는 게 규칙입니다. 그리고 밤에는 집에 돌아가야지요. 저희는 들개니까요. 살아가려면 물과 먹을 것도 스스로 조달해야 합니다. 앞으로도 빌이 집에 돌아오기 전까지 죽을 수는 없죠."

바스커는 나를 힐끗 노려보며 대답했다.

입을 열 때마다 검붉은 잇몸과 으스스한 엄니가 보이고 마지막에는 입가에서 끈적한 침방울이 뚝 떨어져 나는 몸을 부르르 떨고 말았다.

몹시 당황한 탓에 영문을 알 수 없는 말까지 내뱉었다.

"그…… 그렇습니까. 바스커 씨는 오래오래 사셨으면 좋겠군요! 그, 그럼…… 계속해주시죠."

야생동물에게는 야생동물만의 규칙이 있다는 것은 알고 있었다.

그러나 나는 지난번 내 주인이었던 할머니가 떠올랐다.

고양이가 죽을 때마다 할머니는 고양이를 정원에 묻어주고 주름투성이 손을 맞댄 채 비비며 "나무아미타불……" 하고 중얼거렸다.

나는 할머니를 좋아하지 않았지만 그 모습은 어째선지 마음에 들었다.

나처럼 죽으면 땅에 묻어주고 싶다고 생각하는 동물은 얼마 없는 걸까.

"저는 빌이 벌레들에게 잡아먹혀 형체가 사라질 때까지 매일 그곳을 찾기로 했습니다. 그런데 말입니다, 냥즈 씨. 다음 날 제가 주차장에 다시 가보니 빌이 주차장 안에서 차 열 대 정도의 거리를 이동한 게 아니겠습니까!"

"헉!"

"차 열 대요? 인간의 단위로 말하면 수십 미터 정도일까요? 기이하군요."

"저는 미터 같은 건 잘 몰라서요. 하여튼 놀랐습니다. 동찰이 조사한 바에 따르면 누가 입에 물고 옮긴 건 아니라고 합니다. 그런 흔적이 없다더군요. 그리고 인간이 사체를 옮길 이유도 없겠죠?"

"흐음…… 뭐 아예 없지는……. 계속하시죠."

냥즈는 뭔가 할 말이 있지만 자제하는 듯했다.

우선 이야기를 끝까지 들어야 한다고 판단했을 것이다.

"그날도 저는 어두워질 때까지 빌과 함께 있었습니다. 그리고 다음 날 다시 빌을 만나러 가니…… 이번에는 빌이 주차장 담장을 넘어 풀숲으로 이동해 있었습니다! 그 순간 전 깨달았습니다. '빌은 집에 가고 싶어 하는 거야! 빌의 영혼은 아직 이곳에 있어!'라고요."

나는 냉줄기가 서늘해졌다.

그야말로 호러 영화가 아닌가.

내 등에 난 털이 마침내 바짝 곤두섰다.

나는 냉즈와 케이브보다 두 발자국 뒤로 물러나서 털을 감췄다.

아아, 더는 듣고 싶지 않아.

그렇게 생각하고 있을 때 냉즈가 다가와 냉속말을 했다.

"동물 중에서는 보기 드문 영혼론자로군. 어쩌면 유령 같은 게 존재한다고도 생각하려나? 그런 걸 믿는다면 더욱더 묻어주면 좋을 텐데."

"유…… 유령?"

유령.

소문으로는 들어본 적 있다.

죽은 고양이와 개가 다리 없는 반투명한 모습으로 찾아온

다는 이야기였다. 믿지 않아도 본능으로 무섭다고 느끼게 되는 존재다.

"그리고 오늘, 마침내 빌은 여기까지 온 겁니다……."

"풀숲 옆에 있는 이 길에 말인가요. 둘째 날과 셋째 날에 비하면 이동 거리가 상당히 짧아졌군요. 차 한 대 정도의 거리이려나요?"

"그런 건 상관없습니다! 냥즈 씨. 범인을 찾아주실 수 있겠습니까?"

"바스커 씨……. 아마도 빌 씨의 여행은 오늘로 끝인 것 같습니다. 묻어주시죠. 물론 범인은 최선을 다해 찾아드리겠습니다."

냥즈가 그렇게 말하자 바스커는 나에게 보인 그 무시무시한 표정을 이번에는 냥즈에게 지어 보였다.

무의식중에 크르르 하고 소리를 냈다.

이쪽은 미니어처슈나우저와 고양이 두 마리.

혹시 바스커가 날뛰기라도 한다면 엄청난 사고로 이어지지 않을까.

그러나 냥즈는 조금도 그를 겁내지 않았다.

"흠. 매장은 영 내키지 않으신가 보네요."

"……네. 그럴 수는 없습니다. 저는 빌을 계속 지키겠습니다. 집에 다시 돌아올 때까지…….”

“그렇습니까……. 저는 확실히 말씀드렸습니다. 자, 그럼 냐트슨 군. 빌이 처음 발견된 현장으로 가보세.”

“그러지.”

“케이브 씨. 주차장에 있는 차는 당연히 조사했겠죠?”

“물론입니다. 빌의 냄새가 풍기는 차는 없었습니다. 범인은 아마 우연히 이 주차장을 이용한 인간이겠죠.”

“그렇지 않습니다. 그럴 리 없어요.”

“냥즈. 너무 단정하는 거 아닌가? 꼭 범인이 누군지 알아챈 것 같군.”

“응. 대략은.”

“뭐라고?”

“단지 이야기를 들은 것만으로 말입니까? 냥즈 씨! 그렇다면 지금 당장 저희에게 알려주십쇼!”

“대략이라고 했습니다. 저는 어정쩡한 건 별로 말하고 싶지 않아서요. 자, 일단 주차장으로 가시죠.”

“사체를 옮긴 인물이 있다고요? 말도 안 됩니다. 빌은 제 발로, 제 의지로 내게 돌아온 겁니다.”

“냐트슨 군.”

“응?”

놀라는 케이브와 당황하는 바스커를 무시하고 냥즈는 나에게 또다시 냥속말을 했다.

"지금 난 고민 중일세. 이 사건을 해결했을 때 과연 모든 것을 털어놓아도 될지를……."

"냥즈. 자네는 대단하군. 그런데 빌의 여행이 오늘로 끝이라는 말이 사실인가?"

"응? 그건 틀림없네. 그것도 자세히 이야기하기가 꺼려지지만……. 우울하군, 냐트슨."

🐾🐾

우리는 가다랑어 끝 아파트 주차장으로 갔다.

"냐트슨. 이곳은 계약 주차장일세."

"계약 주차장?"

"그래. 정해진 인간들만 쓸 수 있지. 출입구도 있고. 이 사실만으로도 범인이 대략 좁혀지네."

"정말입니까?"

계약 주차장이라.

냥즈는 어떻게 이토록 인간 세계를 잘 아는 걸까.

"그건 자네도 알다시피 평소에 인간들을 관찰하기 때문이네, 냐트슨."

"자네! 내…… 내 마음을 읽는 건가?"

이 수컷이라면 그런다고 해도 이상하지는 않을 것이다.

설마 정말로 마법사?

"관찰일세, 냐트슨. 자네는 무슨 생각을 하는지가 얼굴에 드러나네. 단지 그뿐. 흐음, 이 길을 보게."

얼굴이라.

자각은 하고 있다.

스스로는 하드보일드 고양이를 자처하지만 곧장 표정에 드러나고 만다.

주의해야만 해. 나는 왼쪽과 오른쪽 볼을 젤리로 탁탁 때렸다.

이제야 정신이 드는군! 좋아.

"꽤 길게 뻗은 길이군."

"그래. 이렇게 긴 길이라면 차가 제법 속도를 내겠지. 자, 보게. 저곳이 케이브 씨가 말한 사체 발견 현장일세. 이곳에서 차에 치여 저곳까지 튕겨 나간 거지. 그리고 저쪽이 바로 둘째 날 빌이 있었다는 어떤 계약자의 주차 공간…… 앗!"

"위험해!"

엄청난 속도로 달려오던 차가 우리 바로 옆에서 급정거를 했다.

"또 개야? 앗! 고양이도 있잖아! 이 녀석들, 내 주차장에서 썩 나가! 휘이! 휘이!"

운전석 창문을 활짝 연 노인이 몸을 밖으로 내밀고 얼굴을 벌겋게 붉히며 손바닥으로 문을 팡팡 때렸다.

무서워! 모처럼 주의를 기울여 인상 쓴 얼굴이 순식간에 풀이 팍 죽은 연약한 얼굴로 돌아가버렸다.

다리도 덜덜 떨렸다.

"어…… 어쩌지, 냥즈?"

"확인해야 할 것들은 다 확인했네. 철수하지!"

엉거주춤 내리고 있던 내 엉덩이를 냥즈가 머리로 밀어주었다.

이로써 조금 기운을 차린 나는 어떻게든 뛸 수 있었고, 우리는 뒤쫓아 오는 차를 피해 출입구 아래를 지나 주차장 밖으로 탈출했다.

"케이브 씨."

"예?"

"조금 전 노인은 이 주차장 관리인이죠?"

"관리인? 도이 씨 말인가요? 관리인인지는 모르겠지만 그는 항상 그곳에 있습니다. 응? 지금 도이를 의심하시는 겁니까?"

"글쎄요."

"냥즈 씨. 솔직히 저도 도이가 탐탁지 않지만 그가 범인일 리는 없습니다. 왜냐하면 그의 차는 흠집 하나 없이 깨끗하고 우리도 이미 수사를 끝냈으니까요."

"이르면 내일, 늦어도 한 달 안에 차 상태가 왠지 낡은 것 같다면 그의 차를 조사해보시지요. 빌의 털 한 올쯤은 나올지도 모릅니다."

"역시 그를 의심하시는군요, 냥즈 씨. 사체가 이동한 이유에 대해서도 냥즈 씨는 이미 알고 계시지 않나요?"

"응? ……뭐 글쎄요."

냥즈는 표정이 왠지 어두웠다.

'알면 안 되는 것을 알아차리고 말았다. 이걸 어떻게 다뤄야 할까?', 내 눈에는 그렇게 고민하는 표정처럼 보였다.

"냥즈. 확실히 말해주게."

"냐트슨. 이 세상에는 모르는 게 나은 것들도 있네. 자, 슬슬 돌아갈까? 케이브 씨, 갈 때는 걸어가겠습니다. 바스커 씨,

몸조심하십시오."

"돌아간다고?"

도무지 믿을 수 없었다. 이렇게 책임감이 없는 고양이인 줄은 미처 몰랐다.

"이보게, 냥즈! 케이브 씨와 바스커 씨는 자네를 의지하고 있지 않나! 설명 정도는 해주게!"

"모르는 게 낫네. 이만 돌아가지. 부인이 걱정할 거야."

"냥즈!"

"아 참, 바스커 씨. 빌의 왼쪽 다리에는 붉은 고리가 끼워져 있었죠?"

……그랬나? 나는 섬뜩한 겉모습에만 정신이 팔려서 그런 것은 까맣게 잊고 있었다.

"네. 풀숲 안에 떨어져 있던 인간의 장난감 나부랭이인데 빌이 아주 마음에 들어 했습니다. 그 고리를 가지고 놀다가 갑자기 다리가 쏙 들어가 빠지지 않게 돼서……. 그런데 거기에 무슨 문제라도?"

"반려견처럼 보였을 수도 있겠죠?"

붉은 고리를 다리에 찬 개. 그렇다. 반려견처럼 보였을 수 있다.

아니, 오히려 반려견으로만 보였을 것이다.

들개가 고리 같은 것을 다리에 차고 있는 모습은 도통 떠올리기 어렵다.

"냥즈 씨. 그 말씀은 조금 실례 아닌가요?"

바스커가 냥즈를 노려봤다.

들개에게 '반려견'은 금기어다.

나는 냥즈를 노려보는 바스커가 역시나 무서웠지만 당사묘인 냥즈는 역시나 태연했다.

저런 눈빛을 잘도 견뎌내는군.

냥즈는 싸움 실력에 자신이 있는 걸까.

"그 점이 상당히 중요할 수 있습니다. 아니, 들개여도 똑같나? ……서툰 남자로군……. 꼭 그래야 했나? 아니, 결론은 아무것도 변하지 않아. 허무하군……."

냥즈는 혼잣말을 중얼거렸다.

그러더니 그대로 멈추지 않고 터벅터벅 걸어갔다.

정말로 집에 돌아갈 생각인 듯했다.

"원래 사색은 걸으면서 하는 게 최고일세, 냐트슨."

"이보게!"

나는 냥즈에게 머릿속에 떠오르는 모든 욕설을 퍼부어주고 싶었지만, 그는 계속 중얼거리기만 할 뿐 내 말에는 고양이 귀도 쫑긋하지 않는 듯했다.

다음 날, 빌의 사체는 냥즈가 예언한 대로 깨끗이 사라져 버렸다.

4

빌의 사체가 홀연히 사라져버린 지 일주일.

냥즈는 설명을 들으려고 찾아온 바스커와 케이브를 차갑게 돌려보냈었다. 그의 불성실한 태도에 분노한 나는 그와 냉전 상태가 되었다.

두 번 말을 걸면 대답은 했지만 첫 번째는 반드시 무시해왔다.

내가 할 수 있는 작은 저항이었다.

그러나 이날은 분하게도 먼저 말을 걸 수밖에 없었다.

"냥즈, 케이브 씨에게 들었네. 도이의 차가 돌아왔다더군. 우리가 본 차는 사고 때문에 대신 제공된 렌터카였고 사고 차량은 수리를 보냈었다고 해. 그 차에서는 빌의 털이 나온 모양이야. 이로써 도이가 범인인 게 확실해진 건가?"

"흠, 자네도 고집이 세군……. 일주일이나 토라져 있을 줄이야. 이렇게 말을 붙인다는 건 이제 마음이 풀렸다는 뜻인가?"

토라지다니, 나는 화를 낸 거였다.

"아니. 자네 입으로 직접 설명을 해주기 전까지는 풀리지 않네. 자네가 끝까지 설명해주지 않을 작정이라면 나는 자네와 연을 끊을 생각이야."

"……."

진심은 아니었고, 내가 연을 끊는다고 해도 바스커가 으르렁거릴 때처럼 태연하게 넘길 거라 생각했지만, 냥즈는 뜻밖에도 충격을 받은 듯했다.

그가 눈을 부릅뜨고 입을 반쯤 벌렸다.

처음 보는 표정이었다.

"……화내지 않을 거라 약속하면 친구인 자네에게는 설명해줄 수도 있겠군."

"화내지 않겠네."

내가 화를 낼 이유 따위 없다.

"알겠네. 공원으로 가지."

냥즈는 우리가 처음 만난 공원에 다다르자 콘크리트파이프 위에 올라가 허리를 쭉 폈다.

그 모습은 질투조차 느껴지지 않을 만큼 완벽하게 늠름하고 아름다웠다.

"우선 미리 말해두겠는데, 우리 동물들은 차에 치여 죽을 경우…… 인간 세계에서는 폐기물 취급을 당하네. 다시 말해 쓰레기가 되지."

"뭐라고?"

나는 거칠게 되물었다.

"냐트슨…… 화내지 않겠다고 약속하지 않았나?"

화내지 말라는 것이 오히려 무리한 요구였다.

분노에 혈관이 불끈거리는 게 느껴졌다.

"어째서 폐기물이지?"

"인간에겐 쓸모가 없어지니."

"오만하기는! 그렇다면 바스커가 말한 대로 다른 동물이나 곤충의 먹이가 되어 흙으로 돌아가는 게 훨씬 낫겠군!"

"일단 진정하게, 냐트슨. 설명을 계속 들으려면."

"그…… 그래, 알겠네."

나는 낭호흡을 몇 번 해서 간신히 마음을 가다듬을 수 있었다.

그래도 시익시익 하는 콧숨이 희미하게 새어 나왔다.

"인간에게 지구상의 모든 장소는 다 자기들 것일세. 자기들에게 쓸모없는 건 쓰레기고, 도움이 되면 이용하고, 귀여우면 기르고, 맛있는 거면 먹는다……. 너무한 생물들이지."

"그렇다면 자네는 왜 인간 연구를……."

"지금은 빌 이야기를 해야 하지 않겠나?"

"……그래."

"아무튼 고양이나 개는 차에 치여 죽으면 그 즉시 폐기물이 되네. 당시 가다랑어 끝 아파트 주차장에는 빌이라는 폐기물이 하나 있었어. 여기까지 이해하겠나?"

"계속하게."

"그럴 경우 어떻게 되는가. 청소행정과의 일이 되지."

"……청소."

우리는 죽으면 정말로 폐기물이 되는구나.

내 분노는 공허함으로 바뀌었고, 그러자 비로소 마음을 다잡을 수 있었다.

"전화 한 통이면 정리를 끝낼 수 있지. 하지만 웬일인지 범인은 빌의 사체를 다른 곳으로 옮겼네."

"왜지?"

"사고가 난 곳이 사유지일 경우 신고와 처리는 책임자가 직접 해야 하네. 관리인 도이가 그 책임자에 해당하지. 하지만 도이는 신고를 하지 않고 빌을 주차장 안에서 차 열 대 정도의 거리가 떨어진 다른 인간의 주차 공간으로 옮겼어."

"왜?"

"다른 인간의 주차 공간에 두면 책임을 떠넘길 수 있을 거라 판단했겠지. 사체를 본 인간도 무시하고 지나칠 수 없을 테고."

"터무니없군."

"그래, 터무니없지. 그런 짓을 해봐야 의미도 없는데 말이야. 일단 그 인간이 빌을 차로 치었다는 증거가 없고, 주차할 때 바퀴에 깔리는 수준으로는 사체가 그런 몰골이 되지는 않으니까. 그 인간이 보고하면 결국 관리 책임이 도이에게 돌아오게 돼 있었어."

"도이는 그걸 깨달았나?"

"깨달을 수밖에 없었겠지. 그 계약자에게서 불만이 접수됐을 걸세. 그래서 주차장 담장 너머 풀숲으로 황급히 빌을 옮긴 거고."

"관리 책임에서 벗어나기 위해?"

"그렇지. 그러나 유감스럽게도 주차장에서 벗어났다고 관리 책임을 면할 수 있는 건 아닐세. 주차장 담장 너머 풀숲도 주차장 부지에 속하니까. 결국 사람들이 오가는 인도가 아니면 안 됐던 거야."

"인도? 어째서?"

"인도는 공도公道…… 즉, 모두의 길이니까. 그곳에 사체가 있으면 누가 신고할 경우 구청에서 나와 대신 처리해주지. 관할 밖에 두었으니 그에게 관리 책임도 물을 수 없고."

"그래서 그때 빌의 여행이 그날로 끝이라고 한 건가?"

"그렇네. 실제로도 사체는 사라졌지. 도이가 신고한 건지 아니면 지나가는 인간이 했는지는 모르겠지만 결국 빌은 인간들에 의해 깨끗하게 청소된 거야."

"……자네는 모든 걸 알고 있었겠지?"

"난 영혼이나 유령 같은 건 믿지 않네. 사체가 이동했다면 반드시 이동시킨 누군가가 있다, 그리고 입에 물고 옮긴 흔적이 없다면 인간이 옮긴 거라고 추리했지. 한정된 인간만 쓸 수 있는 주차장에 피나 털, 희미하게나마 냄새가 묻은 차도 없는 상황이었네. 차를 수리업자에게 맡겼다면 대신 제공된 차를 탄 인간이 범인일 가능성이 높지 않겠나. 그리고 그 사체 이동 순서, 마지막으로 붉은 고리를 통해 알아냈다고 해야 하려나."

"그 붉은 고리로 뭘 알아냈지?"

"냐트슨 군. 들개가 차에 치였을 경우 경찰이 대신 사체를 치워줄 수도 있네. 하지만 범인은 경찰을 부르지 않았어. 왜일까? 그건 다리에 붉은 고리를 찬 빌을 반려견이라고 생각했기 때문이야."

"반려견이면 뭐가 다르지?"

"반려견이 차에 치일 경우에는 견주가 그 땅의 관리자, 즉 도이에게 책임을 물을 수 있네. 성가신 것을 싫어하는 도이는 그런 상황을 되도록 피하고 싶었겠지."

"……그게 빌을 옮긴 진짜 이유인가……."

"그래서 나는 도이를 범인으로 의심했네."

"슬프군……. 바스커 앞에서는 도저히 하지 못할 이야기야."

영혼도, 유령도 없었다.

범인은 소중한 생명을 빼앗고 그 책임을 피하고자 빌의 사체를 여러 번 내팽개친 도이였다.

"그러니 내가 말했잖나. 모르는 게 나을 거라고."

"과연…… 그렇군. 자네 심정이 이해되네. 미안하네……."

지금껏 냥즈를 오해했다.

케이브와 바스커의 신뢰를 잃고 내게 수없이 고양이 말종이라는 소리를 들으며 모욕당해도 냥즈는 우리가 화나지 않고 상처 입지도 않도록 진실을 줄곧 가슴속에 묻어두고 있었던 것이다.

"그런데 말이지, 냐트슨. 실은 아무것도 몰랐던 계약자가 범인일 수도 있고, 다른 외부인이 주차장에 사체를 유기했을 가능성도 있네. 우리는 인간처럼 기계를 활용한 수준 높은 조사는 할 수 없지. 어떤 가능성도 0은 아니라는 뜻일세."

"하지만 차에 털이……."

"……"

나는 어렴풋이 이해했다.

냥즈는 실제로 범인이 없기를 바랄 것이다.

양파와 초콜릿으로만 달랠 수 있었던 그의 머릿속 갈증은 해소됐다.

그것으로 충분했다.

고양이의 능력을 초월한 두뇌를 지닌 냥즈도 나름대로 고충이 있을 터다.

"자, 돌아가지, 냐트슨. 미안하네. 자네에게도 십자가를 짊어지게 한 건가?"

"미안할 것 없네. 내가 무리하게 자네에게 설명을 요구했으니."

"냐트슨 군."

"응?"

"우리는…… 생명과 폐기물 사이에서 살아가는 존재일지 모르네."

"무슨 뜻이지?"

"있는 그대로의 의미일세. 생명으로서는 인간보다 한없이 가벼이 취급되고, 죽고 나면 쓰레기…… 응? 혹시 거기 누구 있나?"

덤불 속에서 버스럭거리는 소리가 나는가 싶더니 다음 순간 도망치는 발소리가 들렸고 금세 사라졌다.

다리가 제법 빠른 녀석인 듯했다.

"누가 몰래 우리 이야기를 엿듣고 있었나? 뭐 괜찮겠지. 제 삼자는 들어도 무슨 이야기인지 모를 테니."

"……그랬으면 좋겠군."

우리 대화를 엿들은 바스커가 도이를 물어서 생사를 다투는 큰 부상을 안긴 뒤 보건소에서 살처분됐다는 이야기를 들은 건 그로부터 시간이 조금 흐른 뒤였다.

🐾 🐾

"내 실수일세. 설마 바스커가 엿들었을 줄이야!"

냥즈는 책임감을 느끼고 풀 죽어 있었다.

"냥즈. 자네는 아무 잘못 없네. 하지만 인간은 빌을 차로 치어 죽여도 아무 일 없고, 바스커는 단지 물었다는 것만으로 살처분될 줄이야……."

이 세상의 규칙은 인간을 중심으로 돌아간다.

원통하지만 그것은 사실이다.

"냐트슨…… 그래도 나는 앞으로도 계속 인간을 연구하겠네. 인간이 우리보다 거대한 힘을 쥔 건 사실이고 더 큰 진화의 가능성도 품고 있지. 나는 그들이 그 힘을 언젠가 자연과 동물을 위해서도 써줄 거라고 믿네. 그런 믿음을 내게 주는 인간도 있고. 그래, 저 여자처럼."

냥즈는 우리 주인인 하리모토 시노부를 젤리로 가리켰다.

"야옹이를 위해♪ 야옹만을 원해♪ 야옹이는 당신만의 천사♪"

"냐아하……."

뭐가 즐거운지 모르겠지만 부인은 아침마다 소란스럽다.

머리와 양팔, 양다리를 격렬하게 흔들며 정체불명의 춤과 노래에 심취한다.

위에는 티셔츠, 아래에는 팬티라고 불리는 속옷.

평소에 대체로 발가벗은 상태로 지내는 내가 할 말은 아니지만 부끄럽고 볼썽사나운 차림새 같다.

얼른 다른 옷으로 갈아입어줬으면 한다.

우리 고양이들은 목소리가 크고 호들갑스럽게 움직이는

인간을 싫어하지만, 부인을 보면 '뭐 이 정도는 괜찮겠지'라고 생각하게 된다.

싫다고는 느끼지만 도무지 싫어할 수 없고, 굳이 따지면 오히려 좋아한다.

이곳에 있는 고양이들은 다들 그렇게 생각한다.

오늘도 부인 옆에서는 고양이들이 모여 밥을 얻어먹고, 물을 마시고, 이따금 욕실에 끌려가 마사지를 받고, 사라진다.

부인 같은 인간도 분명 있다.

세상에는 믿을 만한 인간도 존재한다는 믿음을 아직 버리지 말자.

"……으야옹?"

라디오에서 두 여자가 나누는 흥미진진한 대화가 들려왔다.

— 동물을 사랑하는 사람 앞에 나타나 행운을 선사하고 사라지는 행운의 고양이가 있다고요?

— 그렇다면 정말로 복고양이네요. 당신 앞에 불쑥 나타난 고양이를 사랑해주면 고양이가 당신에게 행운을 선사할지도 모릅니다.

복고양이라.

필요할 때만 고양이를 영물 취급하다니.

"그냥 우연이겠지."

냥즈가 중얼거렸다.

우연이라니, 무슨 뜻일까? 혹시 냥즈는 행운의 고양이에 대해 뭔가 아는 걸까.

"고양이가 행운을 선사한다는 것도 연구할 만한 주제일지 모르겠군. 뭐 나도 복고양이처럼 부인을 행복하게 해주고 싶네. 부인이 행복해져서 나쁠 건 없으니. 부인을 관찰하는 건 늘 흥미롭고, 나는 이곳에서 내게는 없는 인간미를 지닌 냐트슨 군도 만났어. 슬슬 이곳에 안주해도 되려나."

그렇게 말하고 냥즈는 평소 좋아하는 안락의자 위로 폴짝 뛰어올랐다.

나도 뒤따라 점프했다. 아슬아슬했지만 어떻게든 올라갈 수 있었다.

"이보게. 내게 인간미가 있다는 건 무슨 뜻이지? 그리고 안주하다니? 자네 원래 길고양이였나?"

냥즈는 두 눈을 가늘게 뜨기만 할 뿐 내 질문에 답하지는 않았다.

그리고 웬일인지 내게 오른쪽 젤리를 내밀었다.

무슨 뜻일까.

뭔가를 주는가 싶어 나도 오른쪽 젤리를 내밀자 냥즈는 내 젤리에 자신의 젤리를 강하게 갖다 붙였다.

고양이 악수다.

"그러고 보니 아직 하지 않은 것 같아서."

"맞네. 자네가 거절했지."

"설마 담아두고 있었나? 의도하는 건 아니지만 내가 보이지 않는 벽이라는 걸 만든다더군. 자네는 쉽게 그 벽을 넘어 왔지만. 나를 꾸짖고 내게 인간미가 느껴지는 말을 던진 고양이는 자네가 처음일세. 자네는 눈치 못 챘겠지만 내게 그건 실로 놀랍고 기쁜 일이었어. 그리고…… 자네의 그 인간미가 언젠가 나와 인간들을 구원해줄 것 같은 기분이 드는군. 그러니 앞으로 잘 부탁하네, 냐트슨 군."

교활한 수컷이다.

냥즈는 빈말은 하지 않는다.

이 말은 그의 진심일 것이다.

이 총명한 수컷에게 이런 말까지 들으면 나도 "나야말로" 하고 대답할 수밖에 없지 않나.

"나야말로."

"응."

"앗! 벌써 시간이 이렇게 됐어? 강의에 늦겠다! 그럼 야옹이 여러분! 오늘도 사이좋게 지내야 해!"

부인은 양말을 신지 않고 현관문도 잠그지 않은 채 긴 머리카락을 고무줄로 묶으며 집을 나섰다.

식빵을 입에 물고 가는 모습이 너무 우스꽝스러워서 나도 모르게 웃음을 터뜨리고 말았다.

냥즈도 즐거운 듯이 눈을 가늘게 떴다.

"자, 그럼 우리도 오늘이라는 하루를 시작하지. 그리고 특별하지도, 재미있지도 않은 평온한 일상을 보내고 무사히 하루를 마치면 새벽녘에는 목 넘김이 부드러운 수돗물로 건배하세."

"좋지."

"이상입니다. 앗!"

나와 냥즈의 첫 만남을 다룬 생명과 폐기물 사이 사건을 다 설명하자 지금껏 조용히 이야기를 듣던 청중 사이에서 "냐앗!" 하는 환성이 터져 나왔다.

설마 이렇게까지 반응이 뜨거울 줄은 몰랐다.

"냐트슨 선생님. 다음번 고양이 달이 뜬 밤에도 이야기를 들려주시지 않으면 안 되겠습니다."

"케이브 씨. 놀리지 마십쇼. 그리고 선생님이라니요. 휴, 이런 이런."

이야기를 다 마치고 긴장이 풀린 내게 피로가 엄습했다.

짝짝짝짝.

젤리가 부딪치는 소리는 좀처럼 멎을 기색이 없었다.

1

고양이 달이 뜬 밤.

오늘 밤에도 가다랑어 언덕 공원에는 나의 냥즈 이야기를 들으러 다양한 동물이 모였다.

수많은 고양이, 고양이, 개, 새! 무려 뱀까지 고양이들에게 둘러싸인 채 똬리를 틀고 내 이야기를 이제나저제나 기다렸다(뱀이 고양이어를 이해할 것 같지는 않지만).

고양이 달이 뜬 밤은 신비한 밤이다. 그날 밤만은 다른 동물을 잡아먹는 동물도, 잡아먹히는 동물도 없다.

자, 오늘 밤은 이 이야기를 하도록 하겠다.

이번 일은 '생명과 폐기물 사이' 사건에서 유발된 일 때문에 바스커가 살처분됐다는 소문을 들은 냥즈가 가벼운 무기 냥증에 걸렸을 무렵 일어났다.

나는 이 사건을 계기로 인간을 조금 다시 보게 되었고, 냥즈는 행운의 고양이로서 실력을 아낌없이 발휘해 평범한 파피루스를 보물 파피루스로 바꿔 보였다.

그 무렵 냥즈는 가벼운 무기냥증, 즉 인간이 말하는 우울증과 비슷한 상태였다.

바스커를 구하지 못한 충격 때문인지 한숨을 연신 내쉬었고 식욕이 없을뿐더러 외출을 극히 삼가며 좋아하는 안락의자 위에서 매일 알지 못할 숫자를 중얼중얼 외었다.

냥즈가 끊임없이 외던 숫자는 '원주율'이라는 것으로, 그저 아무 숫자나 읊는 것만은 절대 아닌 듯했다.

나로서는 알 수 없는 노릇이지만.

"냥즈……."

"응?"

"아…… 아무것도 아닐세."

"……."

"냥즈? 이런……."

그는 또다시 중얼중얼 원주율을 외기 시작했다.

나는 마음이 불편해져서 라디오 소리에 고양이 귀를 기울였다.

〈헤이헤이 닥터〉라는 방송에서 "동물을 마취할 때는……"으로 시작하는 이야기가 나와, 나는 냥줄기를 부르르 떨었다.

그리고 부인과 고양이 이동장을 째려보며 몸을 핥았다.

어휴, 정말이지.

"휴, 그런 건……."

"그런 건 눈 깜짝할 사이에 끝나는 법이네, 냐트슨. 예방접종은 반려묘에게 꼭 필요하지. 참게나."

"필요하다는 건 알고 있네. 다만 그 분위기와 긴장감……어라?"

거기까지 말하고 나는 냥줄기가 오싹해졌다.

냥즈는 어떻게 내가 병원에서 주사 맞을 때를 떠올렸다는 걸 알았을까.

"냥즈! 자네는 내 생각을 읽을 수 있는 건가?"

"냐트슨, 너무 놀라지 말게. 실로 간단한 추리니까. 설명해주기를 바라나?"

"알…… 알려주게!"

"시선일세."

"시선?"

"응. 자네는 우선 고양이 귀를 세운 채 라디오를 들었네. 의학 방송이려나? 자네는 그 방송을 듣고 수의사를 연상했겠지."

"……맞네."

그날의 공포란! 흰머리가 성성한 노인이라 충분히 도망칠 수 있겠다며 방심했으나 젊은 남자들이 다가와 나를 힘으로 꽉 눌렀고, 노인의 손에 들린 주사기가 천천히 다가와서…… 캬옷! 두 번 다시 떠올리고 싶지 않은 기억이다! 트라우마야!

"다음으로 자네는 고통 섞인 얼굴로 이동장을 바라보더니 다시 이글거리는 눈빛으로 부인을 쳐다보더군. 그로써 자네가 수의사에게 간 날을 떠올렸다고 깨달았지."

"과연. 듣고 보니 간단하군. 하지만……."

"주사 말인가? 자네는 마지막으로 슬픈 얼굴로 오른 다리를 내려다보며 핥기 시작했네. 그곳은 자네가 가장 최근에 주사를 맞은 곳이야."

"하아, 과연……."

놀라웠다.

풀 죽어 있기는 해도 역시 고양이 탐정이다.

냥즈는 내 눈빛만 관찰하고도 내 머릿속까지 들여다본 것이다.

"자네가 놀라는 표정을 보는 건 참으로 신나는 일일세."

냥즈가 몸을 벌떡 일으켰다.

내 놀라는 얼굴을 보고 조금 기운을 차린 것 같기도 했다.

탐탁지는 않지만 그래도 친구가 기운을 차리는 건 내게도 달가운 일이다.

나는 "그래, 그래, 다행이군, 다행이야" 하고 천천히 고개를 끄덕였다.

"기운을 차렸다면 다행이지."

"냐트슨. 자네는 정말로 배려 깊은 고양이일세. 자기 생각이 들통나면 보통은 불쾌해하는데."

"그런가?"

나는 냥즈가 내 생각을 읽는 게 신기하고 재미있는데, 다른 고양이들은 불쾌한 걸까.

"산책이라도 하러 가지."

냥즈는 부인이 산 과자에 딸려 온 길이 3센티미터 남짓의 장난감 파이프를 털가죽 속에 숨겼다.

🐾 🐾

"파피루스 풀. 고대 이집트에서는 그것으로 만든 종이를 썼고…… 응? 듣고 있나?"

"응, 듣고 있네. 고대 이집트. 파피루스 풀. 그게 종이라는 말이군. 응, 그래."

나는 공원에서 장난감 파이프를 만지작거리며 어려운 이야기를 늘어놓는 냥즈에게 적당히 맞장구를 쳐주고 있었다.

분하지만 이 수컷이 하는 말 중에는 이해하기 어려운 게 많다.

나 같은 고양이는 도저히…… 아니, 꼭 고양이가 아니더라도 냥즈와 비슷한 수준에서 대화를 나눌 수 있는 동물은 없지 않을까.

냥즈는 파피루스 풀 외에도 '타워맨'과 '잉글리시' 같은 단어도 설명해주었다.

타워맨이란 냥즈가 전에 살던 곳을 가리키는 단어인 듯한데, '가다랑어 언덕 마을 같은 시골에서는 볼 수 없는, 하늘에 닿을 것처럼 높은 건물'이라 했다. '잉글리시'란 '외국'이라고 해서 머나먼 바다 너머에 있는 도시도 마을도 아닌 '나라'라는 곳에서 쓰는 언어로, 외국이 아닌 이곳 일본에 사는 인간도 일상 대화에서 잉글리시를 사용하고, 우리도 인간의 대화나 TV(부인의 집에는 TV가 없으니 라디오)를 통해 그것을 들음으로써 모르는 사이에 쓰고 있다고 했다.

믿기 어렵지만 그 말이 사실이라면 언빌리버블이고 아이

캔트 빌리브다.

"덧붙이자면 타워맨이라는 건 '타워맨션'의 줄임말이고, 이 역시 잉글리시일세."

"오, 한마디로 세상에는 다양한 말이 넘쳐난다, 그렇게 이 해하면 되려나?"

대충 정리할 요량으로 말했지만 냥즈는 내 대답에 만족했 는지 "그래, 바로 그거야. 언어라는 것 역시 수수께끼라는 뜻 이지" 하고 고개를 끄덕여주었다.

"그런데 타워맨이라는 건 조금 믿기 어렵군. 하늘에 닿을 것처럼 높은 건물? 그렇게 높은 곳에 살면 무섭지 않나? 새 도 아니고 포식자가 있는 것도 아닌데 인간은 왜 그렇게 불 편한 곳에 살려는 건가?"

그곳에 공기는 있을까? 먹이는? 물은?

나라면 아무리 실내가 쾌적하고 주인이 좋은 인간이어도 사흘을 버티지 못할 것이다.

몸이 배겨내지 못한다.

상상만으로도 한숨이 새어 나왔다.

"그 한숨! 하하, 냐트슨. 또 자네의 머릿속이 보이는군. 나 는 비범한 다리 힘과 관찰력으로 그곳에서도 꽤 쾌적하게 살 았다네. 추리란 다시 말해 관찰하는 것, 그리고 아는 것일세.

자네에게는 그게 부족해. 나는 확신했네. 자네도 직접 시도해 보게나. 나를 믿고."

"흐음. 지금부터 관찰하고 새로운 지식을 얻는 건 힘들어 보이네, 냥즈. 난 이미 영캣이 아니야."

이미 네 살에 가까운 나이가 되어 새로운 지식을 습득하는 것이 고통이다.

습득 속도가 너무 더디다.

그리고 다리 힘은 추리와 무슨 관련이란 말인지.

단순히 싫고 귀찮았다.

"일본 전국을 돌아다니며 지식을 얻으라는 말은 아닐세. 이 마을, 그러니까 가다랑어 언덕을 걸으며 자신이 어떤 곳에 사는지만 파악해도 자네는 엄청나게 발전할 수 있을 거야."

"그럴 리가!"

"내 말 듣게. 예를 들어 자네는 늘 다세대주택 현관에서 곧 장 계단을 올라 집에 돌아오지만 가끔 경로를 바꿔보는 건 어떨까?"

"그런 걸 바꿔서 뭐 하겠나?"

"타이밍에 따라서는 최고의 엔터테인먼트를 체험할 수도 있네. 그리고 일상을 조금 바꾸는 것이 실로 대단한 모험이 된다는 사실을 깨닫게 될 걸세. 조금 전 자네가 품은 의문도 순식간에 풀릴 테고."

냥즈는 그렇게 말하고 또다시 파이프를 입에 물었다.

양파를 입에 달고 사는 헤비 어니어니스트였던 냥즈는 양파 끊기가 몹시 고되었는지 틈만 나면 이 장난감 파이프를 입에 물고 뻐끔뻐끔 피웠다.

"그보다 냥즈. 양파 끊기는 순조롭나 보군."

"그래. 자네가 엄중히 감시하니까. 하지만 가끔은 잘게 썬 양파를 칵! 서걱! 깨물어주지 않으면 내 두뇌가…… 이해하나?"

냥즈는 나를 바라봤다.

둔감한 나도 이런 애원하는 눈빛을 보면 그가 뭘 원하는지 알아챌 수밖에 없다.

내가 내린 양파 금지령을 풀어주기를 바라는 것이다.

"냥즈, 아쉽지만 양파는 안 되네. 양파가 고양이에게 해로운 건 사실이야. 양파를 끊은 뒤로 자네 모질도 더 좋아졌고. 조금만 더 이어가 보도록 하게."

"냐흑……. 참, 냐트슨. 그것이 바로 관찰과 아는 것이라네."

냥즈를 설득해 내 말을 따르게 하는 건 기분 좋은 일이지만 조금 딱하기도 했다.

사실 나도 속으로 '슬슬 양파 금지를 끝내도 괜찮지 않을까?' 하고 생각할 때도 있다.

양파를 끊은 냥즈의 모습은 주위에 '공허한 눈동자를 지닌 절세미묘'로 비쳐서 암컷 고양이를 넘어 인간들마저 감탄의 한숨을 내쉴 정도라, 그와 함께 다닐 때가 많은 나로서는 몹시 거슬리기 때문이다.

그러나 어쨌든지 간에 그의 건강이 가장 중요하다.

양파 끊기는 역시 앞으로도 이어가야 한다.

내 질투 따위 하찮다.

"참. 부인도 요즘은 좀 한가해 보이더군. 스트레스 해소를 위해 부인의 테크닉에 심취해보는 건 어떤가?"

부인은 최근 며칠간 책과 냄비 등을 어디론가 옮기고 다시 들고 돌아오는 등 바빠 보였지만 이제는 간신히 한숨 돌리게 된 듯했다.

나쁘지 않은 제안이라고 판단했건만 냥즈는 고개를 절레절레 흔들었다.

"부인에게 의지해서는 안 되네. 냐트슨, 요즘 부인의 삶이 좀 힘들어 보이지 않나?"

"삶?"

그런 말을 들어도 나로서는 예전에는 부인이 어떻게 지냈는지 헤아릴 수 있을 만큼 부인과 오래 살지 않았다.

"물론 관찰력이 부족한 자네는 깨닫지 못했을 수 있지만, 아무래도 금전적인 면에서 상당히 궁지에 몰린 듯하네."

"음…… 하지만 우리의 삶은 바뀐 게 없지 않나? 식사의 양과 질도 변하지 않았어."

"이해를 못하는군, 냐트슨. 부인은 우리에게 밥을 주기 위해서라면 자신의 식비나 의복비도 기꺼이 양보할 인간이야. 부인은 요즘 항상 똑같은 옷들을 번갈아 입고 식사 횟수와 양도 줄었네. 눈치 못 챘나?"

"……음."

인간은 신기한 생물이다.

자연의 섭리를 무시한 채 돈처럼 처치 곤란한 것들에 집착하고, 다른 인간이 쇼핑이니 뭐니로 획득한 물건과 옷 따위를 물려받는 것은 물론 야성을 잃고 사냥 방법도 잊은 채 먹이를 스스로 조달하지도 못한다.

냥즈는 그런 인간을 보고 '실로 가여운 동시에 수많은 가능성을 품은, 흥미진진하면서도 왠지 못 본 척할 수 없는 존재'라고 했지만, 그 무렵 나는 인간에게 연민밖에 느끼지 못했다.

부인이 잠들어서 고요한 밤. 나는 관찰 중이다.

분명 방에 걸린 옷은 세 벌밖에 없고 돌이켜보니 부인은 그 옷들을 돌려 입고 있었다. 잠든 얼굴도 전보다 안색이 좋지 않고 야위어 보였다.

책장, 부엌……. 음.

사라진 책은 돌아온 건가? 저 틈새에는 뭐가 있었을까? 원래 빈 곳이었나? 기억나지 않는다.

냄비. 두 개가 겹쳐 있지만 원래 두 개였는지 세 개였는지는 역시 떠오르지 않는다.

내가 푹 빠져서 헤어나지 못한 냄비가 어떤 거였지? 매일 지내는 곳인데도 모르는 게 너무 많다는 것을 깨달아서 놀란 나는 냥즈에게 해답을 구했다.

"냄비는 하나 줄었네. 책은 저 줄에 꽂힌 고양이에 대한 책이 두 권 돌아왔군. 그리고 동물 치료의 기초에 관한 책 한 권이 아직 돌아오지 않았네."

"흐음."

냥즈에게 "자네는 글자인지 뭔지를 이해하나?"라고 묻자 "모르는 게 많지만 사진과 문자를 옆에 두고 대조해보면 알 수 있는 것도 있네"라고 했다.

이럴 수가! 이 얼마나 똑똑한 고양이란 말인가! 나도 1이나 11처럼 간단한 숫자는 이해하지만 글자는 히라가나와 가타카나, 한자 모두 비슷하게 보이는데.

그렇게 감탄하고 있을 때였다.

"냥즈 씨! 상의드릴 일이!"

"냐앗?"

케이브의 느닷없는 등장은 아무리 자주 겪어도 익숙해지지 않는다. 나는 심장에 충격을 받았으나 기절은 면했다.

뒤로 털썩 넘어져버리기는 했지만.

제법 멀리서부터 달려왔는지 기세 좋게 고양이용 현관으로 불쑥 얼굴을 내민 미니어처슈나우저 케이브.

그는 동물 버전 경찰, 즉 동찰의 우수한 구성원이다.

"어라, 냐트슨 씨. 놀라게 한 것 같네요. 이런! 노크를 깜빡했군요!"

"······아뇨, 괜찮습니다."

노크는 딱히 상관없다. 그는 고양이보다 노크 소리가 몇 배는 커서, 그것대로 들으면 또 놀라 넘어지고 만다.

"무슨 일이죠?"

냥즈는 잠든 부인 앞에서는 절대 시끄럽게 굴거나 당황하는 모습을 보이지 않는다. 그는 파이프를 입에 물고 케이브를 향해 걸어갔다.

"케이브 씨가 이렇게 서두르는 모습은 보기 드문데, 혹시 무슨 사건이라도?"

"아뇨 아뇨, 냥즈 씨. 사건이라고 해야 할지…… 아니, 사건일까요? 그런데 누가 살해됐거나 뭔가를 도난당한 종류는 아닙니다. 오히려 도움이 됐죠. 대단히 이상야릇합니다. 실로 냥즈 씨가 좋아할 만한 이야기예요."

"오. 듣던 중 반가운 소리군요."

케이브는 우수한 수컷이지만 흥분하면 이야기를 빙빙 돌려서 하는 습관이 있다.

"놀랍다고 해야 할지, 감동적이라고 해야 할지. 아니, 역시 놀랍다고 해야겠네요……. 참으로 신비로웠습니다. 이번 일은 선생님만 이해할 수 있을 거라고 저희 동찰의 의견이 일치단결했고, 그래서 제가 대표로 나서서……."

"네. 케이브 씨의 판단이 옳을 겁니다."

"……."

냥즈는 실로 남의 이야기를 잘 경청하는 고양이다.

케이브는 결국 자신들이 얼마나 놀랐는지를 5분 이상 설명하고서야 간신히 본론에 들어갔다.

"아무튼 그런 이유로 바지락 하이츠에서 일어난 기적에 대해서입니다만……."

케이브가 들려준 바지락 하이츠 이야기는 내 낭줄기를 서늘하게 하기에 충분했다.

2

"2주 전에 일어난 일입니다. 이 이야기는 몸을 다친 어느 수컷 고양이가 구조되는 것부터 시작합니다."

"고양이?"

"네. 어린 인간에게 깨진 병으로 공격당했는지 배에서 피를 쏟고 의식도 몽롱한 상태였다고 합니다. 그는 자신의 죽음을 깨닫고 비틀거리며 걷다가 비어 있던 '바지락 하이츠 1-5호'에 이르렀습니다. 그곳은 우연히도 문이 열려 있었다고 합니다. 그는 그 안에 들어가서 생을 마감할 작정이었습니다."

"용서할 수 없다냥!"

나 역시 길고양이 시절에 어린 인간에게 수없이 공격을 당했다.

그들은 내 꼬리를 잡아당겼고 나를 빙 둘러싸고 내 몸을 마구 쓰다듬고는 했다.

저항하지 못하는 동물을 괴롭히며 즐거워하는 인간이 있다는 건 알고 있지만, 이번에는 도가 지나치다.

자신의 죽음을 깨닫고 조용히 죽을 장소를 찾아다녔을 고양이를 떠올리자 가슴이 미어졌다.

내가 콧숨을 내쉬며 흥분하자 냥즈는 "캄 다운, 냐트슨" 하더니 젤리를 내 어깨에 얹었다.

그 말이 무슨 뜻인지는 몰라도 그의 행동 덕에 나는 마음을 가다듬을 수 있었다.

"진정하게. 그런데 빈집인 1-5호에 들어갔다라……. 옆집인 1-4호와 1-6호에 사는 인간들은 반기지 않았겠군요. 옆집에 고양이가 들어갔다는 걸 금세 알아차렸겠지요?"

"아뇨 아뇨, 냥즈 씨. 1-5호는 3호와 6호로부터 거리가 좀 떨어져 있습니다. 그리고 희한하게도 바지락 하이츠에는 4호가 없더군요. 1-3호 옆이 1-5호. 그리고 1-6호는 계단을 끼고 건너편에 있다고 합니다."

"흐음."

"으응?"

고개를 연신 끄덕이는 냥즈는 케이브의 설명을 완벽히 이해한 듯했지만 내 머리는 아직 따라잡지 못했다.

심지어 케이브 본인도 이해했는지 의심스럽게도 나와 눈이 마주치자 사건과 관련 없는 잡담을 늘어놓기 시작했다.

그가 잡담하는 동안 이야기를 정리해보기로 했다. 음, 그러니까…….

1-3호 옆의 조금 떨어진 곳에 1-5호.

그리고 계단을 사이에 두고 건너편에 있는 1-6호.

오케이.

"1-6호가 있는 곳은 확실히 확인하셨나요?"

"네? 1-6호요? 아뇨. 1-6호는 이번 사건과 관련 없습니다. 이번 사건은 1-5호에서…….'

"관찰이 부족했군요……. 일단 계속하시죠."

"딱히 관찰하지 않아도 그곳 집 호수에는 법칙이 있어서요. 자, 그럼……. 그는 1-5호가 창문도 없이 아주 휑한 집이었다고 진술했습니다. 열린 현관문을 통해 집 안에 들어가 문득 정신을 차려보니 갑자기 멋대로 문이 닫혔고, 그 뒤에는 대지진이 일어난 듯한 격렬한 진동 때문에 의식을 잃고 말았답니다. 그리고 다시 눈을 뜨니…… 책이 어마어마하게 많은 어느 인간의 집 안에 있었다고 합니다."

"뭐라고냥?"

현관문이 멋대로 닫혀서 집 안에 갇혔고, 느닷없이 대지진이 일어난 뒤 휑한 1-5호에서 책 천지인 집으로……. 이건 호러 영화가 아닌가.

대지진은 고사하고 요사이 작은 지진도 일어나지 않았다.

바지락 하이츠 안에서만 지진이 일어났다면 무시무시한 현상이다.

"그곳에는 인간이 한 명 있었고 가끔 한 명이 더 찾아와 그의 상처를 낫게 해줬다고 합니다."

"치료를 해줬군요?"

"네. 그리고 상처가 다 나아갈 무렵 그는 골판지 상자에 담겨 밖으로 내보내졌습니다. 냥즈 씨, 그는 숫자를 이해하는 고양이인데, 상자가 닫히는 짧은 순간 빈틈을 통해 책의 집의 호수를 확인하니…… 그곳은 5-5호였다고 합니다."

"이곳이 아닌 '이세계異世界'에라도 갔다 온 걸까요?"

"1-5호인 줄 알았는데 5-5호에 있었다? 그런 말도 안 되는 일이! 응? 냥즈, 방금 뭐라고 했나? 이세계? 그렇다면 몬스터…… 에잇! 이상한 소리 하지 말게!"

냥즈는 농담할 여유가 있는 듯했지만, 종류를 불문하고 모든 무서운 것을 극히 싫어하는 나는 냥줄기가 서늘해지고 등털이 곤두섰다.

이세계.

도심지의 길거리 TV에서 본 적이 있다.

이세계에는 슬라임이나 드래건 같은 무서운 동물, 즉 몬스터가 산다고 한다.

그런 이야기는 믿지 않는다. 믿지 않지만…….

"네. 그렇게 들리겠죠. 냐트슨 씨. 마음을 이해합니다."

이후 그 고양이는 일단 동찰에 신고를 했다.

그러나 그의 이야기를 들은 동찰은 어떻게 대응해야 할지 몰라 전전긍긍했다.

도무지 신빙성 있는 이야기가 아니었고, 어떤 피해를 본 것도 아니었기 때문이다.

그래서 일단 간단한 조사만 하고 끝내버렸다고 했다.

"동물 시민을 믿고 지키는 것이 저희 임무지만 그 이야기는 도무지 믿지 못하겠더군요. 안 그러겠습니까? 그런데 그 수컷 고양이 외에도 기적의 증언자가 또 한 분 있다면…….부인, 나오셔도 됩니다."

"네……."

"응?"

지금껏 숨죽인 채 몸을 숨기고 있었는지 케이브의 머리 위로 참새가 불쑥 모습을 드러냈다.

"……처음 뵙겠습니다."

그녀는 날개를 파닥거리며 바닥에 내려와 우리 쪽을 향해 걸어왔다.

오오! 저 폴짝폴짝 뛰는 걸음걸이! 차…… 참을 수 없어!

"냐아앗!"

"까앗!"

"응? 냐트슨 군!"

"어라? ……이런, 미안하네."

참새 같은 작은 새는 고양이에게 최고의 사냥감이고, 나도 거칠었던 영캣 시절에는 여러 번 목덜미를 입에 물고 집에 가져왔었다.

그때가 떠올랐는지 나는 무심코 번득거리는 눈동자로 그녀를 바라봤고 그것도 모자라 사냥꾼처럼 위협해버렸다.

냥즈의 불호령이 없었다면 위험했을 수도 있다.

신중하지 못한 처신이었다.

"이분은 쩍쩍이 부인입니다. 이분의 자녀도 병에 걸렸는데…… 자, 부인. 냥즈 선생님께 이야기를 들려드리시죠."

"……."

쩍쩍이 부인은 내 위협 때문에 완전히 겁먹어버린 듯했다.

오늘은 이야기를 듣는 게 어려울 수도 있겠지 싶어 미안해졌다.

어쩌지. 어떻게든 해야 해.

"부인, 괜찮습니다. 저와 이 고양이는 고양이 신사입니다. 심심풀이로 남의 목숨을 빼앗거나 하지는 않습니다. 그렇지, 냐트슨?"

"으응, 그 말이 맞네. 그 말이 맞습니다!"

솔직히 나는 찍찍이 부인의 목덜미를 깨물고 이리저리 휘두르고 싶었지만 꾹 참았다.

꾹 참고 머리를 바닥에 조아린 채 무릎을 꿇었다.

"어머!"

찍찍이 부인이 놀랄 만도 했다.

고양이가 참새에게 고개를 조아리는 건 보통 때라면 있을 수 없는 일이다.

나는 필사적으로 사죄해서 찍찍이 부인의 공포를 조금 가라앉히는 데 성공했다.

잘못된 건 잘못된 거다.

거기에 종족의 차이 같은 건 영향을 미치지 못한다.

🐾 🐾

"자, 찍찍이 부인."

"네, 냥즈 씨. 그럼 냥즈 씨께 모든 걸 말씀드릴게요."

냥즈가 지그시 바라보자 쩍쩍이 부인은 비로소 마음이 누그러졌는지 부리를 열고 재잘거리기 시작했다.

냥즈의 목소리와 눈빛은 다른 동물의 마음을 편하게 하고 신뢰감을 주는 힘을 지녔다.

내 위협 따위와는 정반대다.

"제 아들 삐약이는 병에 걸려서 늘 추위를 탄답니다. 그래서 전 마을에서 종이 같은 걸 물어 와 삐약이에게 덮어주었는데……."

"앗, 파피루스였군요!"

"파피루스?"

"네, 네. 파피루스가 뭐냐면……."

나는 옆에서 어이없어하는 냥즈를 무시하고, 조금 전 냥즈에게 배운 지식을 자못 오래전부터 알고 있었다는 듯이 냥들먹거리는 얼굴로 설명하기 시작했다.

"……그렇군요. 아무튼 그 파피루스를 삐약이에게 덮어주었는데도 병은 나아질 기색이 없었고 그때 마침 동찰분께 그 '기적의 1-5호' 이야기를 들었어요."

"오."

"이대로 두면 우리 삐약이가 죽을 수도 있는 상황……. 그래서 저는 모든 것을 하늘에 맡기고 동찰분들의 안내를 받아 둥지째로 삐약이를 들고 소문의 1-5호로 갔답니다."

"아기 새 구제 계획이었군요. 그래서 어떻게 됐죠?"

"그런데 말이죠, 냥즈 씨. 제가 눈을 잠깐 돌린 사이 1-5호 현관문이 갑자기 닫히더니 열리지 않게 됐지 뭐예요."

"아아, 역시……."

어머니로부터 분리돼 창문도 없는 횅한 집 안에 혼자 남겨졌으니 얼마나 무서웠을까.

"저는 조금 생각하다가 혹시나 싶어 서둘러 5층으로 날아갔습니다. 그랬는데…… 1-5호 위에 있는 5층 5호는 인기척이 없는 게 빈집 같더군요."

"으흠."

냥즈가 가볍게 맞장구를 쳐서 나는 헉하며 숨을 삼켰다.

냥즈는 어떻게 이토록 이야기를 침착하게 들을 수 있는 걸까. 이런 신기한 이야기를.

"집 호수를 확인하셨습니까?"

"네? 아, 아뇨. 정신이 없었거든요. 당시 제 마음속에는 절망과 희망이 섞여 있었답니다. 이제 우리 삐약이는 돌아오지 못하는 게 아닐까. 아니야, 어쩌면 정말로 책의 집에서 치료를 받고 있을 수도 있어……."

"이해합니다. 그래서 결국 어떻게 됐죠?"

"그게 말이죠, 냥즈 씨! 믿기 어렵겠지만 놀라지 말고 들어주세요!"

"알겠습니다. 놀라지 않겠습니다. 말씀하시죠."

냥즈가 젤리를 앞으로 내밀자 짹짹이 부인은 봇물 터지듯 부리를 부산하게 움직이며 설명을 시작했다.

역시 1-5호에 갇힌 후 정체불명의 요란한 소리와 대지진이 삐약이를 덮쳤다.

겁먹은 삐약이가 눈을 감고 몸을 웅크리고 있으니 갑자기 뜨뜻미지근한 무언가가 몸을 감쌌고, 또다시 지진을 느낀 다음 눈을 뜨니 책의 집이었다고 했다.

그리고 두 명의 인간에게 치료를 받아 기운을 차린 삐약이는 예전 다친 고양이와 마찬가지로 골판지 상자에 담겨 밖으로 옮겨졌다.

삐약이 역시 골판지 상자 틈새로 집 호수를 확인했다. 그곳은 5-5호였다.

책의 집, 즉 '환상의 5-5호'다.

"……."

나는 놀라서 작은 울음소리조차 낼 수 없었지만 냥즈는 전혀 놀란 기색이 없었다.

"저…… 정말 놀라지 않는 건가요?"

"네. 약속했으니까요."

놀랄 게 분명하다고 자신했을 터였다.

쩍쩍이 부인은 조금 겸연쩍은 듯이 보였다.

그러나 이내 눈을 부릅뜨고 입을 떡 벌린 내 얼빠진 얼굴을 보고 만족했는지 부인은 나직이 쩍쩍거리며 웃음을 터뜨렸다.

"놀랄 걸 기대하셨다면 미안합니다. 그러나 전 이미 사건의 진상을 거의 깨달아버려서요."

"뭐라고요?"

나와 케이브, 쩍쩍이 부인의 고함이 겹쳤다.

"냥즈! 장난치지 말게! 아무리 자네라도 이런 기묘한 이야기를 고작 한 번 들은 것만으로 알아낼 리 없잖나!"

진지한 이야기를 농담 취급하다니, 너무하다고 생각했다.

이 수컷은 분명 허세꾸러기다.

다른 이들 앞에서 놀라거나 당황하는 모습을 보이는 것을 수치로 여기는 것이다.

그렇게 허세를 부리는 모습이야말로 볼썽사납다.

신기하면 신기하다고, 모르면 모르겠다고 솔직히 반응하면 된다.

"냐트슨, 내가 말하지 않았나? 추리란 관찰과 아는 것이라고. 난 장난 따위 치지 않았네. 정 못 믿겠다면 증거를 보여줄까?"

"증거가 있다면!"

"그럼 케이브 씨."

"네?"

"현재 1-5호에는 테이프나 경고문이 붙어서 출입 금지 상태 아닌가요?"

그 말을 듣고 케이브와 쩍쩍이 부인은 순식간에 어안이 벙벙해졌다.

앗? 설마 정답?

"그…… 그렇습니다! 어떻게 그걸?"

어떻게 그걸 맞힌 걸까. 이 자식.

나는 늘 이 수컷을 보며 놀라기만 한다.

가끔은 내가 놀라게 하고 싶다.

"아직 말씀드릴 단계는 아닙니다. 그런데 요즘 같은 시대에 이세계로 날아가는 건 그리 드문 일도 아니지요."

이세계로 날아간다니! 그 얼마나 섬뜩한 이야기인가.

"자, 냐트슨 군."

"응? 뭐, 뭐? 난 분하지도 않고 두렵지도 않아!"

냥즈는 젤리로 냐옹 박스를 가리켰다.

그리고 분하게도 나는 그 의미를 곧장 알아차리고 말았다.

고양이 탐정의 조수로서 정장을 하라는 뜻이었다.

"……."

한쪽 귀에 실크해트, 목걸이에는 토마토레드색 나비넥타이. 그것이 내 정장 차림이다.

나는 솔직히 그런 차림을 하는 것이 영 내키지 않아 우울했지만 냥즈가 양보하지 않을 것을 알기에 마지못해 따랐다.

냥즈는 내 조언을 듣고 양파를 깔짝이지 않게 됐다.

나도 이 정도는 참아야 친구로서 공평하다.

냥즈가 아무리 머리가 좋아도 친구가 된 이상 공평해야 한다는 것이 우리의 규칙이다.

나는 언짢아하며 토마토레드색 넥타이를 목걸이에 맸다.

"응. 자네에게는 역시 토마토레드가 잘 어울려."

토마토레드가 잘 어울린다니. 그리 칭찬으로 들리지는 않았다.

냥즈는 빈말은 하지 않지만 농담은 가끔 한다.

"그리고 쩍쩍이 부인. 혹시 뼈약이의 깃털이 있을까요? 있다면 하나 받고 싶습니다."

"네? 뭐라고요?"

냐즈는 부인의 등 뒤에 붙은 삐약이의 깃털을 하나 집더니 자신의 털가죽 속에 집어넣었다.

🐾 🐾

우리는 케이브가 준비한 마차……가 아닌 견차(미니어처 슈나우저 케이브와 어린 시베리아허스키) 두 대에 올라타서 바지락 하이츠로 향했다.

"저것 보게, 냐트슨. 저기 보이는 게 바로 바지락 대학일세. 저 학교 부지 안에는 수의사도 있지. 자네도 기억하지? 자네의 추억이 서린 곳이야."

"……냐즈. 지금 꼭 상관없는 바지락 대학 이야기를 해야겠나? 얼른 가자고."

수의사의 수 자도 듣고 싶지 않았고, 흰 벽에 피 같은 얼룩이 군데군데 묻고 교실 몇 곳에만 불이 들어온 바지락 대학 건물은 그야말로 유령이 출몰할 것 같아서 무서웠다.

동물은 원래 유령 같은 건 믿지 않는다.

나도 마찬가지지만, 믿지 않아도 섬뜩하고 무섭기는 마찬가지다.

그것은 본능이다.

"상관없지 않네. 하리모토 부인도 저곳에 다니고 있지. 바지락 대학 근처에 있는 바지락 하이츠라…… 좋아, 가세."

"엇, 냥즈 씨. 저는 쨱쨱이 부인을 바래다드리겠습니다. 이 아이는 두고 갈 테니 마음껏 활용해주십시오."

"아, 그게 좋겠군요. 그럼 수고하십시오, 케이브 씨. 건강하십시오, 쨱쨱이 부인. 어이, 자네. 자네에게는 부탁하고 싶은 게 있네."

"우아훗!"

우아훗은 대답일까. 케이브가 두고 간 영도그 동찰 시베리아허스키는 냥즈에게서 바지락 하이츠 주변을 감시해달라는 지시를 받고 잽싸게 뛰어갔다.

"혹시라도 무슨 일이 생기면 큰 소리로 날 부르게!"

"우아훗!"

"1-3호 옆에 있다는 1-5호가 이곳인가. 냥즈, 역시 분위기가 좋지 않다고 할까, 불쾌하다고 할까. 왠지 냥줄기가 오싹해지는군……. 아니, 난 유령 같은 건 믿지 않아."

나는 바지락 하이츠에서 왠지 모를 불쾌감을 느꼈다.

불쾌한 분위기, 불쾌한 냄새가 났다.

오래 있으면 기적이 일어나기는커녕 기분만 상할 듯했다.

"이것 보게, 냐트슨. 바지락 대학의 로고일세. 바지락 대학이 관리하는 곳이라는 뜻이지. 음. 이런 곳을 '기숙사'라고하나? 아무튼 이쪽이 입구일세. 여기서 신발을 벗고 슬리퍼로 갈아 신고…… 신발과 슬리퍼 모두 사이즈가 크군. 이쪽에 있는 작은 분홍색 슬리퍼가 손님용이겠지. 그러니까 이곳은……."

냥즈는 입구 쪽에서 뭔가를 중얼거리며 관찰 중이었다.

바지락 하이츠의 입구가 지금 무슨 상관이 있는 걸까.

참으로 호기심이 왕성한 고양이다.

"역시 그런가……. 자, 그럼 1-5호에 들어가보도록 할까?"

"꼭 그래야 하나?"

"괜찮네. 이세계 속 책의 집에 잠깐 들어갔다 오는 것뿐이니. 하나도 무서울 것 없네. 자네도 이야기를 다 듣지 않았나?"

"……알겠네."

1-5라고 적힌 플레이트가 달린 열린 집.

소문대로 문은 활짝 열려 있었다. 현관은 장지문 형태인지입구 좌우에 조금 튀어나온 은색 문이 보였다.

인간 세계에서는 출입 금지를 의미하는 컬러콘과 노랑과검정이 섞인 통제선 테이프가 보였지만 우리와는 상관없는 일이었다.

냥즈는 테이프를 뛰어넘었고 나는 몸을 낮춰 테이프 아래를 포복 자세로 지나갔다.

"뭔가 으스스하군……."

"그런가? 난 오히려 마음이 안정되는데."

이 변태 고양이 같으니라고. 깜빡거리는 불빛, 젤리가 닿지 않는 높이에 툭 튀어나온 둥근 무언가가 몇 개 있다. 그 외에는 먼지밖에 보이지 않는 정말로 휑뎅그렁한 집이다.

화장실과 욕실, 스크래처, 수도꼭지, 고양이 캔도 없다.

나는 영캣 시절 못되게 군 벌이라며 할머니가 나를 물이 없는 은색 욕조에 넣고 욕조 뚜껑을 닫은 날이 떠올라 아니나 다를까 기분이 나빠지기 시작했다.

🐾 🐾

"앗?"

"냐앗? ……흐억!"

1-5호에 들어가서 안쪽으로 걸어가자 갑자기 현관 좌우 문이 기계 소리를 울리며 멋대로 닫히기 시작했다. 나는 겁을 집어먹고 나가려다가 냥즈에게 목덜미를 붙잡혀 숨이 턱

막혔다.

"진정하게. 그러다가 문 사이에 끼어."

"냥즈, 지진일세. 대지진이야. 이세계로 날아가버릴 거라고! OH! 와치필드*!"

문이 전부 닫히자 집 안이 격렬히 진동하기 시작했다.

이 방에는 창문이 없다. 밀폐된 공간에서 지진과 맞닥뜨리는 건 동물에게 크나큰 스트레스다.

우우웅, 우우웅 하는 환청이 들렸다.

왠지 몸, 아니 집이 통째로 허공에 뜨는 듯한 낯선 감각에 휩싸였다.

나는 확신했다.

우리는 지금 정확히 이세계에 젤리를 들여놓은 것이라고.

"아아…… 냥즈, 미안하네……. 난 이제 틀렸어……."

수치스럽게도 나는 이미 기절 일보 직전이었다.

마지막으로 내 눈에 냥즈의 자상하면서도 온화한 얼굴이 비쳤다.

나는 그 얼굴을 보고 '아아, 냥즈가 괜찮다면 나도 괜찮아' 하고 안심한 채로 정신을 잃었다.

---

* 작가 이케다 아키코의 '고양이 다얀' 시리즈 속 판타지 세계

3

"으응…… 이곳은?"

"이제야 정신을 차렸나, 냐트슨."

또 한 번 기절할 뻔했다.

"말도 안 돼. 냥즈, 이곳은 설마…… 책의 집인가?"

군데군데 흠집이 난 다다미 바닥 위에 진갈색 책장이 늘어서 있고 왠지 모를 곰팡내 외에도 불안을 자극하는 냄새가 풍기는 낡은 집이었다.

"맞네. 이걸 보게. 파피루스야."

냥즈는 조금 더럽고 구겨진 파피루스 두 장을 내 눈앞에 보였다.

그리고 쨋쨋이 부인에게서 얻은 삐약이의 깃털과 파피루스에 묻은 털을 비교해서 내게 보여줬다.

틀림없는 삐약이의 깃털이었다.

어떻게 된 일일까.

"파…… 파피루스……. 믿을 수 없군. 정말로 이곳에서 고양이와 삐약이가 치료를 받은 건가?"

"관찰과 아는 것이 중요하네, 냐트슨."

냥즈는 파이프를 입에 물고 천천히 집 안을 걷기 시작했다. 그 모습을 보고 나는 어쩐지 낯선 느낌을 받았다.

왜일까. 뭐가 이상한 걸까. 나는 지그시 관찰해봤지만 도통 알 수 없었다.

"자, 저 책을 보게. 붉은 책과 흰 책이 있지? 그리고 저것 보게. 책장 빈 곳에 냄비가 놓여 있지? 이제 알겠나? 붉은 책의 제목은 '마음에 드는 여성을 유혹하는 법'. 흰 책은 '동물 치료 기초'일세. 냄비가 그을린 정도. 책이 오염된 정도. 그리고 포스트잇의 개수. 내 기억과 관찰에 잘못된 건 없었네. 저 흰 책과 냄비는 하리모토 부인 거야."

"……."

얼이 빠진 나는 냥즈가 하는 이야기를 오른쪽 고양이 귀에서 왼쪽 고양이 귀로 흘려듣고 있었다.

순식간에 머릿속에 너무 많은 정보가 들어와 새로운 정보를 받아들이지 못했다.

하리모토 부인이라고? 여기서 왜 부인의 이름이 나오지? 헛들었나?

"아무튼 이것으로 진실은 거의 밝혀졌네. 쩍쩍이 부인과 동찰 쪽에도 보고해야겠지. 케이브 씨는 조사가 조금 부족했고, 쩍쩍이 부인은 사안을 지나치게 속단했어. 케이브는 저택에서 사는 데다가 현재 가다랑어 언덕 마을에는 높은 건물도 없지. 동물 눈에서 보면 그런 무서운 공간에는 제 발로 들어가고 싶지 않았을 거야. 냐트슨, 언제까지 멍하니 있을 건가? 나는 정신을 잃은 자네를 업고 열린 이 집 안에 무단으로 들어왔네. 가슴속에 지금 죄책감이 가득해. 이만 철수하지."

가슴속에 죄책감이 가득하다고 하는 것치고는 미련 없이 후련한 표정이었다.

그때만 해도 아직 눈치채지 못했지만 그것은 냥즈가 지적 호기심이 충족되었을 때 짓는 표정이었다.

🐾🐾

"응?"

집 밖에 나가자 왠지 기분이 이상했다.

분명 이곳이 5-5호, 즉 책의 집일 텐데 왜일까? 이 위화감의 정체는 뭐지? 대체 뭐가 어떻게 된 걸까.

이곳은 정말 이세계일까. 아무리 머리를 굴려도 아침에 먹은 밥과 간식만 떠올랐다.

내 뇌는 완전히 고장 났는지 어려운 생각을 차단하고 즐거운 것만 떠올리려 했다.

"설명하겠네, 자 이쪽으로."

나는 냥즈를 따라갔다.

계단을 가로질러 가서 가장 먼저 눈에 들어온 집을 보고 내 고장 난 뇌에 새로운 수수께끼의 충격이 덮쳤다.

눈앞에 1-5호가 있었다! 출입 금지 컬러콘과 테이프도 확실히 보였다.

5층에 1-5호가? 그리고 왜 계단 건너편에 5-5호가 있는 거지? 이곳은 5호가 아니라 6호여야 하는 거 아냐?

"이…… 이건 대체?"

"냐트슨. 정신 차리게! 고정관념을 버리는 거야. 자네는 '1-3호 옆은 1-5호였다. 그러니 5-3호 옆은 5-5호, 그 건너편은 5-6호'라고 생각하겠지."

도무지 이해할 수 없었다. 기브 냡이었다.

"고루한 사고방식이라 생각되지만 인간은 4라는 숫자를 '사死' 즉, 죽음과 관련된 것으로 보고 불길해한다네. 그래서 이 바지락 하이츠에 4호는 없네. 4층도 없지. 여기까지는 이해하겠나?"

"아아, 그래. 응? 4가 죽음을 의미한다고? 하하, 그거 우습 군."

정말로 우스꽝스러운 이야기였다. 4가 죽음을 의미해서 꺼려지니 3호는 있어도 4호는 없다는 말인가? 하하하.

인간들은 의외로 귀여운 면이 있군.

내 뇌의 충격을 달래는 데 적절한 이야기야.

4를 쓰는 게 두렵다면 사이다도 마실 수 없고 사탕도 못 먹는 게 아닐까.

정말이지 못 말리겠어!

"그러니까 4호가 없다면 이곳은 1-3호 옆인 1-5호인가?"

"아니. 1-5호는 1층에서 계단을 사이에 두고 건너편에 있겠지. 냐트슨, 이건 말이지. 실은 '엘리베이터'라는 기계일세."

"에레베타?"

"응. 이 '1-5'라는 건 1층에서 5층까지 오가는 엘리베이터라는 뜻이야. 냐트슨, 자네가 조금 전 정신을 잃은 곳도 엘리베이터 안이었네. 알기 쉽게 설명하자면 엘리베이터는 위아래로 이동하는 집일세. 고양이와 삐약이는 이걸 타고 5층까지 왔겠지. 대지진은 즉 엘리베이터의 흔들림이었고. '문이 활짝 열려 있고 대지진으로 착각할 만큼 격렬한 진동 때문에 위험한' 엘리베이터. 그런 엘리베이터는 사용 금지가 되는 게 당연하겠지. 그래서 나는 현재 1-5, 즉 이 엘리베이터가 출입 금지 상태일 거라고 추리한 걸세. 동찰들도 자네와 마찬가지야. 1-5호를 1-6호라고 믿어버린 거지. 그러니 나는 케이브에게 관찰이 부족했다고 지적한 거고."

"과연, 엘리베이터라……. 그저 이동을 위한 수단이라면 창문이 없을 만도 하군."

집이 통째로 이동하는 기계를 만들 줄이야. 인간은 정말 하나부터 열까지 편한 걸 추구하는 생물이다.

그러니 스스로 사냥감을 잡지도 못하는 것이다.

계단 정도는 걸어서 올라가라고.

"이건 특정 층에서 멈추는 엘리베이터일세. 1-6이라는 엘리베이터도 저쪽에 있더군. 가서 타볼 텐가?"

"아니, 됐네."

정말로 됐다.

무섭다.

엉덩이가 허공에 붕 뜨는 듯한 그 기분은 두 번 다시 느끼고 싶지 않았다.

만약 외출하기 전에 볼일을 보지 않았다면 나도 모르게 실례를 했을 수도 있다.

"냐트슨, 관찰과 아는 것이 중요하네. 기왕 말이 나온 김에 전에 타워맨션 이야기를 했을 때 읽은 자네 마음에 대해서도 말해볼까? 엘리베이터에 대해 몰랐던 자네는 이렇게 생각하지 않았나? '그렇게 높은 곳에 살면 오르내릴 때 피곤할 거야. 몸이 사흘도 못 버틸걸'이라고."

"⋯⋯."

그 말이 맞았다.

그 말이 맞았지만, 순순히 인정해서 냥즈를 유쾌하게 해주기는 싫어서 나는 후냐앙 하고 한숨을 내쉬고 대답했다.

"나도 엘리베이터에 대해 알았다면 수수께끼를 풀었을지도 몰라."

"아는 것을 게을리하는 자는 수수께끼를 풀 수 없네. 가정해서 하는 이야기는 무의미하지. 실은 우리가 사는 다세대주택에도 엘리베이터가 있어."

"앗? 그게 정말인가?"

"집에 돌아오는 경로를 조금만 바꿔도 자네는 알아챌 수 있었겠지. 나는 이미 자네에게 누누이 말했네. 추리란 관찰하는 것과 아는 것. 그리고."

나는 냥즈에게 들은 그 말을 떠올렸다.

의기양양한 얼굴로 지적해도 되받아칠 말이 없다.

내가 반박해봐야 소용없을 것이다.

나는 포기하고 고분고분하게 그의 다음 말을 기다렸다.

"일상을 조금 바꾸는 것이 실로 대단한 모험이 된다, 라고 했지."

"⋯⋯냐아."

완패였다.

"하지만 어쩌면 몰라서 다행인지도. 그곳 엘리베이터는 이곳 엘리베이터보다 훨씬 흔들리거든. 냐트슨, 이곳에 온 김에 이세계 주민들을 관찰하고 가는 게 어떤가? 몬스터를 만날 수 있을지도 몰라."

"……그만 놀리게."

내가 이세계 몬스터를 겁내는 것까지 들켰을 줄이야.

🐾 🐾

"앗!"

"여어. 피투성이 선생님의 귀환이군."

우리가 벽에 몸을 숨긴 채 5-5호, 즉 책의 집을 감시하고 있는데 집주인이 돌아왔다.

"저 녀석은? 내가 주사를 맞을 때 있었던 수의사인가! 그렇군! 바지락 대학 부지 안에 있다는 수의사가 저 남자였나? 그러니 동물을 치료할 수 있었다……."

그날과는 다르게 수염을 조금 길렀고 구겨진 옷을 입은 채 오른손에 피가 말라붙은 가운을 들고 낡아빠진 신발을 신었지만 내 눈은 속일 수 없었다.

틀림없이 그때 나를 제압했던 그 남자다! 내게는 몬스터보다 더 무서운 철천지원수!

"음, 정답을 절반만 맞힌 건가?"

"냥즈, 보기 흉하군……."

내가 먼저 정답을 맞히자 기분이 상했을 것이다.

그렇게 계속 창피만 당할 성싶으냐.

나도 보여줄 때는 보여주는 고양이다.

똑같은 말로 되갚아주지.

냥즈가 아무리 시크한 고양이라고 해도 당황해서 코를 벌름거릴 것이다.

"이렇게 빨리 자네에게 되갚아줄 줄이야. 자, 내가 알려주지. 추리란 바로 관찰하는 것과 아는 것……."

"학생일세."

"응?"

"저 남자는 바지락 대학의 학생이야. 자네가 주사를 맞을 때도 배움의 일환으로 그곳에 있었겠지. 그리고 이미 실력을 갖춘 수의사가 굳이 집에서 《동물 치료 기초》 같은 책을 읽을 것 같나? 이곳은 대학교 남학생들이 사는 기숙사일세. 건물 앞에 있던 대학 로고, 현관에 놓인 신발과 슬리퍼 사이즈를 통해 추리했지. 그가 5층으로 엘리베이터를 불렀을 때 엘리베이터 안에 고양이와 삐약이가 있었고, 그가 그들을 집에 데려가 치료해서 구해줬다……. 그것이 바로 이번 사건의 진 상이야."

"아아……."

또다시 '듣고 보니 그렇군'이다.

그래서 냥즈는 현관을 그토록 주의 깊게 관찰한 걸까.

냥즈의 입에서 헉 소리를 듣게 되기란 내게는 아직 이른 모양이다.

그래도 언젠가는 두고 봐.

"그러고 보니 아까 책과 냄비가 부인 것이라고 하지 않았 나?"

부인의 책과 냄비가 왜 그 남자의 방에 있나? 나는 냥즈에 게 물었다.

"그건…… 치료를 했던 두 명 중 한 명이 부인이라는 뜻이 겠지. 요사이 부인이 직접 요리한 음식과 책을 들고 외출하 느라 바빠 보였던 건 책을 빌려주고 음식을 만들어주며 그를 돕느라 그랬을 테고. 그리고 최근에 안정을 찾은 건 치료가 끝났기 때문일 거야. 자, 내 추리가 어떤가?"

"오…… 오오!"

나는 수수께끼가 연이어 풀리는 쾌감에 몸이 떨렸다.

나도 냥즈의 영향을 받아 지적 호기심이 충족되는 쾌감을 깨달아버린 듯했다.

심지어 언젠가는 고양이 탐정이 되어 수수께끼를 풀고 싶다는 생각마저 들었다.

"그런데 부인은 그와 대체 어디서 처음 만나……."

"응? 이보게. 자네 뇌는 지금 외출 중인가? 내가 아까 말하지 않았나. 부인 역시 바지락 대학의 학생이라고. 두 사람이 알고 지내는 사이였어도 이상할 게 없다는 뜻이야."

앗, 그렇다.

나는 부끄러워서 귀 안쪽이 달아올랐다.

이런 상태라면 고양이 탐정이 되어 수수께끼를 푸는 건 먼 미래의 이야기가 될 것이다.

아, 부끄럽다, 부끄러워.

화제를 바꾸자.

음, 무슨 이야기를 할까.

"그나저나 부인도 냉정하군. 한 번쯤은 우리도 학교에 데려가줬으면 좋으련만……."

"자네가 수의사를 싫어하는 걸 아니까. 수의학부 학생의 몸에 묻은 수의사 냄새만으로도 몸을 부들부들 떠는 자네를 학교에 데려가는 건 좋은 수가 아니지 않겠나."

"……."

고양이 입이 열 개라도 할 말이 없었다.

이곳에 온 뒤로 줄곧 느낀 불쾌한 냄새의 정체가 바로 그것이었나.

부끄러움 위에 부끄러움이, 그 위에 또다시 새로운 부끄러움이 쌓였다.

이제는 그냥 입 다물고 있는 게 상책일까.

"자, 인간의 장점을 조금은 깨달았나? 그 남자와 부인, 둘은 아무리 자신들의 삶이 궁핍해도 동물을 먼저 생각하는 인간들이었던 거야."

"흐음…… 뭐 조금은 다시 보게 되는군."

거짓말이 아니었다.

"어라? 그러고 보니 냥즈, 또 한 권의 책 제목은 '마음에 드는 여성을 유혹하는 법'이었던 것 같은데. 그건 뭐지? 동물 치료와는 관련 없지 않나?"

"그건 그 남자가 산 책이겠지."

"수수께끼와는 관련 없는 책 아닌가?"

"물론 사건과는 관련이 없겠지. 그러나 수수께끼이기는 하네."

"……뭔 말인지 도통 모르겠군. 무슨 뜻인가?"

"조금은 직접 생각해보게. 그러니까 그건……."

냥즈는 파이프를 입에 물었다.

장난감 파이프가 마음에 쏙 든 모양이다.

"사랑이라는 수수께끼가 너무도 복잡하다는 뜻 아니겠나. 고양이도 만약 인간처럼 연애를 즐기는 고상한 능력이 있었다면 나의 연구 대상이었을지 모르네. 자, 이제 저 작디작은 견차를 타고 동찰에 가서 이번 사안을 설명해주는 게 좋을 것 같군. 어이!"

냥즈가 "니야옹(돌아가자)" 하고 울자 멀리서 우아홋! 우아홋! 하는 소리가 들리더니 3초쯤 뒤에 허스키가 달려왔다.

"옳지. 좋아. 착하군."

"컹컹!"

냥즈는 몸을 쭉 펴고 허스키의 머리에 쓰다듬듯 젤리를 얹고 필사적으로 균형을 잡았다. 고양이는 의외로 몸이 길게 늘어난다.

서툴군, 서툴러.

시베리아허스키의 등이라고 해도 역시 고양이 두 마리가 올라타기에는 좁아서 정자세로 바싹 달라붙고서야 간신히 자리 잡을 수 있었다.

"……멜론 위에 올린 햄 같군."

냥즈가 그렇게 말하고 고개를 절레절레 흔들었다.

예시가 무슨 뜻인지 모르겠지만 조금 부끄러워하는 냥즈의 얼굴을 보고 내 덕분에 그리된 것도 아닌데 속으로 고소하다고 생각했다.

수치심을 느끼는 고양이의 심정을 이 수컷도 알아두는 게 좋다.

4

"나한테요?"

"응. 얼마 전에 참새가 부리로 창문을 콕콕 두드려서 안에 들이니 둥지 안에 있었던 것 같은 복권을 계속 나한테 내밀어서 '나한테 주겠다는 뜻인가?' 싶더라고. 두 장을 받았으니 하리모토에게도 한 장 줘야겠다는 생각이 들어서……"

"오, 참새의 보은인가요?"

다음 날 밤 바지락 대학 수의학부에 다니는 청년 하야미 고키 씨가 냄비와 책, 그리고 파피루스를 들고 부인이 사는 다세대주택에 찾아왔다.

"그나저나 냥즈. 삐약이의 둥지에 있던 파피루스가 '복권'이라니, 그게 대체 뭔가?"

사건의 전말을 전해 듣고 짹짹이 부인이 두 인간에게 어떻게든 사례하고 싶다고 하자, 냥즈는 "그럼 둥지 안에 있는 파피루스를 선물하는 건 어떨까요? 그건 복권이라고 합니다만, 어쩌면 평범한 파피루스가 '보물 파피루스'로 바뀔지도 모릅니다"라고 했다.

"조만간 알게 될 걸세. 저 파피루스는 궁핍한 두 사람에게 행운을 가져다줄 거야. 나도 행운을 부르는 고양이로서 조금은 자신감이 있네."

냥즈는 콧노래를 흥얼거리며 장난감 파이프를 맛있게 입에 물었다.

"응? 하야미 선배? 이 《마음에 드는 여성을 유혹하는 법》 책은 뭐예요?"

"앗! 이런 실수를! 그건…… 아무것도 아니야……."

"이야. 선배, 마음에 드는 여자가 있었던 거예요? 누굴까? 설마 저는 아니겠죠?"

"그건, 그러니까, 응. ……하리모토, 네가 맞아."

"네?"

갑자기 두 사람의 얼굴이 새빨개졌다.

응? 뭐야? 무슨 일이 일어난 거지? 앞으로는 또 어떻게 되는 거고? 라디오에서 들어본 적이 있는 듯한 전개인데.

그렇다면 이다음에 오는 건 '키스'인지 뭔지 외에는 없다.

보고 싶다.

이 장면은 꼬리를 세우고 눈을 부릅뜬 채 두 눈에 똑똑히 새겨야 한다고 벼르고 있자 냥즈가 내 꼬리를 잡아당겼다.

"자네도 참 분위기 파악을 못하는군. 우리는 잠시 산책 다녀오세."

"뭐? 이보게! 냥즈!"

"사랑이라는 건 해답의 그림자도 보여주지 않는 일생일대의 수수께끼일세. 이 수수께끼에 대한 해결은 사랑을 하는 모든 인간에게 맡기도록 하지. 그들의 연애 감정이라는 건 서로의 엉덩이 냄새를 맡는 고양이의 감정보다 훨씬 복잡하니까. 우리 함께 하야미 청년의 건투를 빌어주는 게 어떨까?"

"뭐라고 하는 거냥……."

고양이용 현관을 지날 때 문득 두 사람을 보니 얼굴이 벌게진 하야미 씨가 부들부들 떨며 부인의 얼굴에 자신의 얼굴을 가까워지게 하고 있었다.

그러더니 몇 초 뒤에 "짝!" 하고 뭔가를 때리는 소리가 들려왔다.

무슨 일이 일어난 걸까.

"……차인 건가. 돈트 마인드, 하야미 군."

"차였다?"

"본능으로 살아가는 고양이들은 겪을 일이 없겠지만, 인간의 실연이라는 건 상당히 괴로운 듯하더군. 결말을 맞히지 못했으니 나도 아직 수행이 부족한 걸까. 그건 그렇고 부인도 참 매정하군. 남자 기숙사에 발을 들이고 아무리 치료를 위해서라고 해도 남자가 사는 집에 드나들었으면 순진한 저 남자는 당연히 착각할 수밖에 없지 않겠나. 그가 속을 너무 쉽게 보여줬어."

🐾 🐾

"켈록켈록켈록켈록! 케홋! 케호홋! 케허허헉!"

"응?"

부인이 시끄러운 건 일상이지만 오늘은 유독 시끄러웠다.

휴대전화(접었다가 폈다가 하는 뭔가 재밌어 보이는 것. 스마트폰인지 뭔지는 납작하기만 하고 하나도 재미없음)를 보다 마시던 우유를 내뿜더니 기침을 계속했다.

부인은 입고 있던 티셔츠를 벗어 바닥을 닦았다.

인간의 나이를 잘 모르지만 부인은 아마도 젊을 것이다.

나는 "젊은 암컷이 보기 흉하다냥!" 하고 울어주었다.

"여러 번 확인해봐도 당첨이야……. 맞지?"

부인은 쩍쩍이 부인에게 받은 파피루스와 휴대전화 화면을 연신 번갈아 봤다.

"이제 부자야! 앗! 하야미 선배한테도 연락해야지! 아, 그런데 그날 밤 이후로는 만나지도 않았고 영 어색하네."

"……흐음. 아무래도 그 파피루스가 평범한 파피루스에서 보물 파피루스로 바뀐 듯하군."

냥즈는 안락의자 위에서 기지개를 쭉 켰다.

날카롭고 예쁜 손톱이 쓱 튀어나왔다.

기지개를 마치자 냥즈는 참참참 소리를 내며 젤리로 고양이 세수를 시작했다.

고양이라면 누구든 당연하게 하는 몸짓 하나하나가 그림이 되는 수컷이다.

"냥즈. 설명해주게. 보물 파피루스가 뭐지?"

"……."

"대체 뭐야?"

냥즈는 앞발을 들어 사람을 부르는 복고양이 포즈를 취하더니 다시 눈을 감고 세수를 시작했다.

"이런 거일세. 알겠나?"

"모르겠다냥."

그러나 웬일인지 다음 날부터 집 한쪽 구석에 고양이 캔이 산더미처럼 쌓였고 내 몸에 꼭 맞아서 재미있는 장난감이 될 새 '전기밥솥'이라는 것도 생겼다.

하리모토 부인은 밥을 아주 잘 먹게 되었고, 나는 뭔지는 잘 모르겠지만 아무튼 좋은 일이 일어난 것 같아서 다행이라고만 여기고 그 이상은 생각하지 않았다.

"추리란 관찰하는 것과 아는 것이라. 과연⋯⋯."

늦잠을 잔 날 아침, 냥즈는 이미 외출하고 없었고 그의 안락의자 위에서 뒹굴거리던 나는 이불 아래에 감춰진 잘게 썬 양파를 발견했다.

"어쩐지 그 파이프를 유독 마음에 들어 하더니."

유심히 관찰한 결과, 나는 냥즈가 파이프 속에 잘게 썬 양파를 집어넣고 피운다는 사실을 밝혀내는 데 성공했다.

나의 첫 번째 추리다.

"내가 지나치게 엄격하게 굴었나? 흐음. 그럼 조금 더 엄하게 해주지."

나는 내가 지을 수 있는 가장 무서운 표정을 한 채로 그를 기다렸다.

눈을 부릅뜨고 입술을 한일자로 다물었다.

이 표정을 보면 조금은 당황할 줄 알았는데, 집에 돌아온 냥즈가 "응? 혹시 뭐 좋은 일이라도 있었나? 왠지 즐거워 보이는군"이라고 해서 나는 풀이 팍 죽어 새 밥솥 안에 들어가 버렸고, 그 모습을 부인에게 들켜서 "밥솥에서 노는 건 안 된다고 했지!"라고 한 소리를 들은 후 결국 몹시 토라진 채로 그날 하루를 보냈다.

1

고양이 달이 뜬 밤. 오늘 밤은 평소보다 베이비캣이 많은
느낌이다.

그렇다면 오늘은 그 이야기를 꺼내야 할 것이다.

그 고양이를 모르는 어린 동물들에게 들려주고 싶은 이야
기다.

무더운 여름의 며칠 동안 일어난 이야기.

'양배추', 통칭 '배추 할배'.

베이비캣들은 모를 이 고양이는 참치 해변 마을에서 가장
오래 산 고양이다.

그러나 지금은 없다.

고양이는 영물이라지만, 없다.

그는 오랫동안 가슴에 품고 있던 수수께끼를 우리 앞에서 털어놓았다.

그것은 그에게 커다란 트라우마였다.

고양이도 트라우마를 겪는다.

나는 배추 할배에게서 그 수수께끼를 들은 것, 그리고 트라우마를 없애주고 그의 마지막을 함께했다는 사실을 자랑스럽게 여긴다.

나는 이 이야기를 다 들려주고 배추 할배를 만나러 갈 것이다.

응? 다들 놀란 토끼 눈을 하고 있군. 이보게들, 자네들은 고양이야.

❧ ❧

"배추 할배가 '이제는 슬슬……'이라는 말을 꺼냈습니다."

케이브에게 그렇게 전해 들은 우리는 배추 할배가 있는 참치 해변 마을에 가기로 했다.

배추 할배는 벌써 20번 이상 벚꽃이 피고 지는 걸 봤다는 길고양이 출신으로, 나와 냥즈가 아는 고양이 중 가장 오래산 고양이다.

고양이는 대부분 자신이 죽을 때를 안다.

하늘의 뜻인 죽음을 두려워하지 않는, 고양이에게만 주어진 능력이다.

그러니 배추 할배가 "이제는 슬슬"이라고 했다면 정말로 그날이 다가왔을 터였다.

배추 할배가 해준 '98년도 베이스타스 우승*' 이야기는 내 가슴을 뛰게 했고, '99년도 노스트라다무스의 예언' 이야기는 냥즈의 지적 호기심을 자못 채워주었다.

다시 말해 우리는 그에게 신세를 졌다.

신세를 졌으면 갚아야 한다.

"그런가…… 배추 할배는 여름에 세상을 뜨는 건가."

냥즈는 그렇게 말하고 안락의자에서 몸을 일으켰다.

"응? 오늘도 왔군."

배추 할배는 거미줄투성이인 습기 찬 폐가를 자신의 마지막 장소로 골랐다.

---

* 일본 프로야구 팀 요코하마 베이스타스가 이룬 38년 만의 우승

그럭저럭 건강해 보였던 몇 달 전보다 무척이나 야윈 모습이었다.

중력의 영향을 받아 흰 수염과 눈썹도 축 늘어졌다.

전에는 햇빛을 받으면 눈부실 만큼 아름답게 빛나던 치즈태비 고양이였다는 사실이 거짓말처럼 느껴질 정도였다.

실제로 단순히 배추 할배의 거짓말이었는지도 모르지만.

"여어. 실례하겠습니다."

"오늘은 평소보다 정정해 보이시네요."

"응. 아무래도 오늘은 죽지 않을 것 같아."

"듣던 중 기쁜 이야기입니다. 그렇지, 냐트슨?"

"그럼."

"내가 죽지 않는 게 기쁜가. 자네들은 상냥하군. 내일 당장에라도 저세상으로 피융 하고 떠나버릴 수도 있다네."

"……."

배추 할배는 농담조로 말했지만 나는 웃어야 할지 말아야 할지 몰라 코를 살짝 씰룩거리며 시치미를 뗐다.

속된 말로 비위를 맞추려고 한 것이다.

'죽을 날이 오면 아아, 오늘이구나 하고 알 수 있다더군. 내 선배가 그랬네. 선배라고 해봐야 나보다 젊었지만. 그날이 기다려지는군.'

전에도 배추 할배는 그런 말을 아무렇지 않게 했었다.

그야말로 고양이 중의 상고양이다.

그러나 배추 할배에게도 고양이답지 않은 면모가 있었다.

"응? 오오, 그건 양배추 아닌가. 받아도 되겠나?"

"당연하죠. 드리려고 가져왔으니까요."

그는 골판지로 만들어진 집에서 기어 나와 우리가 병문안 선물로 가져온 양배추—라고 하지만 잎사귀를 몇 장 겹쳐서 양배추 덩어리처럼 보이게 한 것—를 온몸으로 꺼안더니 어째서인지 잎사귀 한 장을 머리 위에 얹고 와작 깨물었다.

배추 할배는 그 이름에 걸맞게 양배추를 아주 좋아했다.

'양배추'라는 원래 이름은 옛날 옛적 딱 한 번 인간의 반려묘가 됐을 때 주인에게 선사받은 이름이라고 했다.

인간이 선사한 이름을 순순히 인정하는 고양이는 드물다.

우리에게는 하늘이 내려준 이름이 있기 때문이다.

내 경우에는 냐트슨이다.

인간은 쓸데없이 고양이에게 이름을 붙이려 하지만 대부분의 고양이는 받아들이지 않는다.

그래도 부를 때 대답하면 밥을 얻어먹을 수 있으니 야옹하고 울어주기는 한다.

배추 할배는 하늘이 내려준 운명은 받아들이고 하늘이 내려준 이름은 버린 존경해야 마땅한 고양이다.

그런 고양이와 얼마 안 있으면 헤어져야 한다고 생각하니 마음이 울적했다.

코끝이 찡해진 상태로 배추 할배와의 추억을 돌이키느라 명했는데 냥즈가 평소 듣기 어려운 거친 목소리로 화를 내고 있었다.

"외람된 말씀이지만 그럴 리 없습니다."

배추 할배는 여전히 양배추를 품에 안고 와작와작 소리를 내며 말했다.

"냥즈, 자네가 그렇게 생각할 만도 하지. 자네는 분명 고양이 중에 가장 머리가 좋고 냥냥펀치도 강하니까. 하지만 나는 자네보다 냥냥펀치가 강한 고양이를 알고 있고, 자네는 절대 풀지 못하는 수수께끼도 알고 있네."

"그러니까 그럴 리가 없습니다."

분위기가 왠지 심상치 않았다.

"냥즈! 대체 뭔가, 그 태도는? 배추 할배는 우리의 선배이자 병묘 아닌가. 지금 자네의 모습은 고양이 신사답지 않아!"

"음…… 그렇군. 실례했습니다."

"와작와작. 괜찮네, 괜찮아."

냥즈에게는 미안하지만 가끔 그에게 설교를 퍼붓고 나면

속이 후련해진다.

나는 항상 그의 아래에서 지시를 받는 처지니까.

이후 나는 배추 할배의 주변을 살피며 집 안에 있는 거미줄을 억새풀로 쳐서 떨어뜨린 후 거미를 잡아먹어줬고, 냥즈는 자신보다 냥냥펀치가 강하다는 고양이와 절대 풀지 못한다는 수수께끼에 대해 할배에게 물었다.

"이보게, 냐트슨. 자네도 이리 와서 이야기를 좀 들어보게. 자네 의견을 들려줘."

"응?"

보기 드문 일이었다.

냥즈가 내 의견을 물을 줄이야. 나는 억새풀을 내던지고 순순히 냥즈 옆에 앉았다.

"어쩌면 이건 정말 나도 풀지 못할 수수께끼일지 모르겠군. 그럼 배추 할배. 송구하지만 다시 한번만 설명을……."

"응?"

"……쌕 ……쌕."

배추 할배는 앉은 자세 그대로 잠들어 있었다.

"음. 이야기하다가 지치셨나. 어쩔 수 없군. 내가 대신 설명하지."

"여어. 냥즈. 그 전에 잠깐."

나는 배추 할배를 살짝 옆으로 밀어 할배가 주워 온 듯한 수건과 누더기로 꾸린 침상에 눕혔다.

"……."

드러누웠는데도 머리 위에 있는 양배추는 꿈쩍도 하지 않았다.

배추 할배는 엄청난 균형 감각을 지닌 고양이다.

"고생했네. 냐트슨."

"응. 그럼 수수께끼를 들어볼까?"

"좋아. 시작하지."

2

자, 우선은 배추 할배의 슬픈 과거에 얽힌 수수께끼부터 시작하겠네.

거짓말인지 진짜인지 모르겠지만 배추 할배는 주인이 산 양배추에 덤으로 딸려 유타카 씨 집에 처음 갔다고 하네.

양배추 한 통을 사면 덤으로 새끼 고양이라니. 어이가 없어서 실소가 나올 이야기 아닌가.

배추 할배는 그곳에서 처음이자 마지막으로 반려묘의 삶을 살았네.

유타카 씨는 농가에서 태어난 큰아들로 제법 장래가 촉망되는 인간이었다는군.

부모의 기대에 유타카 씨는 평소 부담을 느꼈다고 해.

배추 할배 앞에서 "아버지가 있는 곳에는 가고 싶지 않아" 하고 입버릇처럼 중얼거렸다고 하는데⋯⋯. 이보게, 웃지 말게, 냐트슨.

그저 생동감을 더하려고 어린 인간의 목소리를 흉내 낸 거니까.

다 자네를 위해서라고. 아무튼, 유타카 씨는 당시 배추 할배 외에도 반려동물을 또 한 마리 기르고 있었네.

그 생물은 '씩씩이'라는 이름으로 불렸지.

씩씩이는 배추 할배와 달리 인간에게 받은 이름을 인정하지 않아서 이름을 아무리 불러도 들은 체 만 체했다는군.

씩씩이의 종족이 뭔지는 모르겠지만, 몸은 다 큰 성묘 크기였고 털은 별로 많지 않았으며 평소에는 누워 지냈고 야행성이었다고 하네.

그리고 늦은 밤이 되면 "캬" "키" "케" 하고 인간 언어도 동물 언어도 아닌 의미를 알 수 없는 울음소리를 냈다고 해.

아무튼 기묘한 동물이었네. 그것도 수수께끼 중 하나지만 이건 신경 안 써도 되네.

이 동물의 정체는 금세 깨달았으니.

수수께끼라고 할 것도 없네.

앗! 냐트슨, 앉게.

하나하나 뭔지를 묻고 이유를 따지면 끝이 없지 않겠나.

그럼 원래 하던 이야기로 돌아가, 배추 할배는 평소에 유타카 씨의 신비로운 몸을 좋아했다고 하네.

그의 몸이 '왼쪽은 따뜻하고, 오른쪽은 차가웠다'는 거야.

추울 때는 그의 왼팔에 안기면 따스했고 더울 때는 그의 오른팔에 몸을 갖다 대면 시원했다고 해.

배추 할배는 유타카 씨와 함께 보낸 그 시간이 일생에서 가장 행복했다네.

그런데 행복이라는 건 원래 그리 오래 지속되지 않는 법.

어느 여름날, 유타카 씨는 배추 할배를 왼쪽 어깨 위에 얹은 채로 가재를 잡으러 강으로 나갔네.

그는 여름만 되면 늘 강에 가재를 잡으러 갔다더군.

유타카 씨가 가파른 강변 언덕길을 안짱다리로 걸어 내려가던 바로 그때, 사건은 일어났네.

돌멩이 같은 뭔가를 밟은 그가 오른쪽 어깨부터 넘어져 언덕길을 데굴데굴 구르고 말았다는 게 아닌가.

모나고 뾰족한 돌들이 가차 없이 그의 살갗을 파고들었네.

간신히 강에 빠지기 직전에 멈출 수 있었지만, 문제는 배추 할배 쪽이었지.

유타카 씨가 언덕길을 구를 때 그의 어깨에서 젤리가 떨어진 배추 할배는 그 기세 그대로 강에 떨어져버린 거야.

물에 떠내려가는 배추 할배.

할배를 뒤쫓는 유타카 씨.

물살이 거센 강은 아니었지만 당시 유타카 씨와 할배는 나이가 어렸잖나.

시간이 갈수록 거리가 점점 벌어졌지만, 다행히 강 쪽으로 가지가 늘어진 나무가 있어서 배추 할배는 죽을힘을 다해 허리를 쭉 펴서 나뭇가지 끝에 매달렸다고 하네.

"잘했어! 그대로 있어!"

"유…… 유타카!"

베이비캣이었던 배추 할배는 그날의 광경을 지금도 선명히 기억한다는군.

"꼭 붙잡고 있어야 해!"

유타카 씨는 오른팔이 상처투성이였고 오른손 새끼손가락이 바깥쪽으로 확 꺾인 채 손가락 뿌리 부분이 뜯겨 있었다고 해.

이런, 진정하게! 냐트슨.

자네는 상상력이 지나치게 풍부한 게 단점이야.

그렇게 몸을 부들부들 떨 건 없지 않나? 아무튼 배추 할배는 젤리를 힘껏 뻗어서 나뭇가지에서 유타카 씨의 피 묻은 왼쪽 팔로 옮겨 갔다네.

"유타카! 이제는 팔에 힘이 들어가지 않아! 부탁이니 내 젤리를 잡아줘!"

"얼른 기어올라 와!"

"유타카, 너무해!"

응, 그래. 조금 이상하지 냐트슨?

그저 유타카 씨가 배추 할배의 젤리를 붙잡고 잡아당겨줬으면 그만이었을 텐데.

그러나 그는 그렇게 하지 않았네.

아무리 새끼손가락에 통증이 있었다고 해도 손가락은 네 개나 더 있고, 그는 배추 할배를 구하려고 필사적으로 움직이느라 통증을 느끼지 못하는 것처럼 보이기도 했다는데 말이야.

"……앗!"

"양배추!"

결국 배추 할배는 젤리가 그의 팔에서 떨어져 그대로 강물에 휩쓸리고 말았지…….

그리고 할배는 하늘을 보는 자세로 둥둥 떠내려가다가 낚시꾼의 뜰채란 것에 기적적으로 구조됐네.

간신히 목숨은 구했지만 그날 이후 삶은 지옥 같았다고 배추 할배는 말하더군.

인간의 반려묘였던 새끼 고양이가 느닷없이 길고양이로 살아가게 되었으니까.

살아가기 위해 필사적으로 유타카 씨를 찾았지만 소용없었다고 하네.

길거리에서 배추 할배를 붙잡으려고 하는 인간도 많았다는군.

그래도 순순히 붙잡힐 수는 없는 노릇이라 계속해서 도망쳤지.

도망치고 또 도망쳐서 이제는 붙잡으려고 하는 인간들이 사라질 무렵, 할배는 어엿한 한 마리의 길고양이로 다시 태어나게 되었네.

"그리고 지금에 이르게 된 거지."

"흐음."

대단한 이야기였다.

그런 삶이라면 트라우마가 됐을 만도 했다.

"어떻게 생각하나?"

"자잘한 수수께끼들이 있군. 일단 인간의 좌우 체온이 달랐다는 게 이상하네. 그리고 유타카 씨의 집에 있었다는 불가사의한 동물의 정체. 아! 그리고 무엇보다 유타카 씨는 당시 왜 배추 할배의 젤리를 붙잡아주지 않았는가."

"불가사의한 동물의 정체에 대해서는 금세 깨달았네."

"아까 그렇게 말했지."

"그런 것보다는……."

"……그런 것보다는 유타카가 먼저야."

"응? 배추 할배?"

언제 일어난 걸까. 배추 할배는 코가 막혔는지 천천히 숨을 내쉴 때마다 식식 소리를 내며 이야기를 시작했다.

"유타카는 그때 왜 내 젤리를 잡아주지 않았을까……. 나는 유타카를 좋아했고 유타카 역시 나를 좋아한다고 믿었는데……."

집 안에 저녁노을이 드리웠고 밖에서는 해 질 녘의 풀벌레 소리가 요란해지기 시작했다.

"이유가 뭘까? 나는 지금도 가끔 그때 유타카가 내 젤리를 잡아챘다면 어떻게 되었을지를 상상하네. 그렇지만 길고양이가 된 뒤에도 내 묘생은 행복했어. 수많은 동물을 만났지. 재밌는 녀석, 싫은 녀석, 그저 그런 녀석, 무서운 녀석까지. 참 신기하지. 죽음이 가까워질수록 추억은 모조리 좋은 것으로 바뀌고 싫은 녀석들도 사라지니. 음…… 내가 무슨 이야기를 하던 중이었나?"

그 뒤로 배추 할배는 눈을 감고 말수가 조금씩 줄더니 다시 숨을 쌕쌕거리며 졸기 시작해서 또 잠들었나 싶었는데, 다시 이야기를 시작했다.

"……응. 행복한 묘생이었지만…… 딱 하나 미련이 있다면 지금도 유타카에게 묻고 싶다는 거야. '난 너를 좋아했는데 넌 어땠니?'라고……."

쌔액쌔액하는 평화로운 숨소리.

배추 할배는 오늘은 죽지 않는다고 했지만 나는 언제 할배의 숨이 멎을지 몰라 안절부절못했다.

"살아 계시다 보면 또다시 만날 날이 오지 않을까요."

나는 조금도 위안이 되지 않을 말을 입 밖에 꺼내고야 말았다.

아니나 다를까 그 말에 배추 할배는 웃음을 터뜨렸다.

"난 이제 집 밖에 나가지 못하네. 힘에 부치거든. 물론 열심히 노력하면 한 번이나 두 번 정도는 나갈 수 있을지도 모르지. 하지만 그 한두 번으로 내가 유타카를 만날 가능성이 얼마나 되겠나? 말해줄 수 있겠나?"

"……."

아마도 거의 없으리라.

나는 내 경솔한 발언이 부끄러워졌다.

"응? 이런, 미안하네. 내가 너무 심술궂었나. 나는 냥즈와 냐트슨 군에게 충분히 감사하고 있네…… 응."

그 말을 마지막으로 배추 할배는 이번에야말로 정말로 잠들어버렸는지 코를 고롱고롱 골기 시작했다.

이야기하다가 피곤해졌을 것이다.

"깨지 않도록 주의해서 돌아가지."

"그래."

냥즈가 그렇게 말해서 우리는 까치 젤리를 들고 살금살금 집에서 나갔다.

나와 냥즈는 잠시 말없이 걸었다.

냥즈와는 이미 침묵이 어색하지 않은 사이지만 이번 침묵은 너무도 슬퍼서 나는 그에게 말을 걸었다.

"그러고 보니 냥즈, 자네 아까 제법 흥분하던데."

'응? 무슨 말이지?' 하고 되물을지도 모른다고 생각했지만 역시 냥즈는 이해가 빨랐다.

"아아. 그게 말이지. '자네보다 냥냥펀치가 강한 고양이를 알고 있네' 같은 말을 들으면 한 마리의 수컷이자 고양이 탐정으로서 그냥 넘길 수 없지 않겠나."

"호오."

냥즈의 지능과 코르크스크루펀치 위력은 어느 고양이나 인정한다.

이런 냥즈도 쓰러뜨리지 못할 고양이가 있다니. 게다가 평소 존경하는 배추 할배에게 그런 말을 들었으니 흥분할 만도 했다.

"수수께끼에 대한 감상도 듣고 싶군."

"응. 수수께끼는 추리할 재료가 너무 적은 탓에 모든 해답이 나올 것 같진 않지만, 이미 어느 정도 풀었고 약간의 희망도 찾았네. 하지만 이렇게 어중간할 때는 말하지 않는 게 나을지도 모르겠군."

"헉!"

정말로 냥즈도 풀기 어려운 수수께끼인 듯했다.

자존심이 강한 냥즈는 완벽한 해답을 끌어내기 전까지는 수수께끼를 설명해주지 않을 터였다.

"……그보다 양배추 말인데."

"응."

이 양배추는 배추 할배가 아닌 진짜 양배추를 뜻했다.

우리는 배추 할배를 찾아갈 때 늘 양배추를 가져가고 배추 할배도 그것을 먹어주기는 하지만, 진심으로 만족하는 것처럼 보이지는 않았다.

우리가 가져간 양배추는 부인이 쓰는 부엌과 쓰레기장의 배춧잎을 모아서 만든 가짜 양배추 덩어리였기 때문이다.

배추 할배는 언젠가 불쑥 이런 말을 중얼거렸었다.

"죽기 전에 베이비캣 때 먹은 그 신선하고도 달콤한 양배추 하나를 통째로 먹고 싶군"이라고.

"그래, 저 양배추만 있다면!"

냥즈가 젤리로 가리킨 곳은 어느 다세대주택 앞에 있는 '무인 채소 가게'였다.

나무 선반 위에 대충 채소들이 놓였는데 아주머니라는 인종의 인간들이 붉은 요금함에 돈을 넣고 채소를 가져간다.

가장 인기 있는 것은 햇빛을 받아 물기가 반짝이는 잎사귀가 달린 양배추다.

우리는 그 아름다운 양배추를 '에메랄드 양배추'라고 부른다.

"응. ……갖고 싶군."

하지만 우리는 고양이 신사다. 길고양이처럼 멋대로 생선을 입에 물고 도망치는 짓은 할 수 없다.

손에 넣을 거면 정정당당히 돈을 내고 상품을 가져가야 하는 것이다.

"돈 같은 게 필요하다고 느끼는 날이 올 줄이야……."

"응? 냥즈, 어디 가나?"

나는 냥즈가 집과 다른 쪽으로 젤리를 향해서 물었다.

"결투 신청. 여기서부터는 따로 행동하세."

"결투? 설마. 진심인가? 이보게! 냥즈!"

냥즈는 쏜살같이 사라져버렸다.

평소에도 달리기 속도가 빠른 고양이다. 3번지에 사는 우사인 볼트냥에게 이긴 적도 있으니 굼뜬 내가 따라잡을 리 없었다.

다른 고양이도 아닌 냥즈다. 난폭한 짓을 벌이지는 않을 테니 믿어주자고 생각했다.

나는 다시 한번 양배추를 봤다.

……아름답다. 마치 잘 닦은 유리구슬, 혹은 껍데기를 깨끗이 벗긴 삶은 날걀 같다.

아아, 저 양배추를 갖고 싶어!

3

다음 날에도 우리는 무인 판매소로 향했다.

에메랄드 양배추를 바라보는 냥즈의 눈빛은 공허했다.

운이 좋으면 누군가가 이파리 한 장이라도 떨어뜨려주지 않을까. 그러면 집어서 배추 할배에게 가져갈 수 있을 텐데.

"냐트슨. 우리 고양이는 인간이라는 존재들에게 도저히 못 당할지도 모르겠네."

냥즈는 오른 젤리를 흔들며 말했다.

어젯밤 그는 오른 젤리에 흰색 종이를 둘둘 감고서 돌아왔다.

나름대로 응급처치를 한 것으로 보였고 그는 잠시 종이를 그대로 감고 있었지만 욕조에서 다리를 씻고 얼마 지나지 않아 "이런 걸 계속 달고 있을 수는 없어!" 하고 목소리를 높이더니 평소 자랑하는 날카로운 발톱으로 종이를 벅벅 찢으려 했다.

나는 초조해하는 그의 모습을 보고 '아아, 냥즈가 냥냥펀치 대결에서 졌구나' 하고 추리했다.

"……파쿼냥오."

"파쿼냥오?"

"응. 그는 훌륭한 하드펀치냥이더군. 대단했네."

냥즈가 스스로 그날을 언급한 김에 나는 물어보기로 했다.

"자네는 그 파퀴냥오라는 고양이에게 진 건가?"

"아니, 절대 진 건 아닐세! 자네도 알다시피 나도 무사히 돌아온 건 아니지만. 그래도 역시 패배감이 들더군. 파퀴냥오, 그리고 인간에게도! 나는…… 아니, 고양이는 인간에게 두뇌로 도저히 이길 수 없겠다는 생각마저 들었네. 원통하군. 이런 걸 열등감 콤플렉스라고 한다던데. 나와는 평생 연이 없는 단어라고 생각했건만."

"왜 고양이끼리의 펀치 대결에서, 그것도 이겼는데 뜬금없이 인간에게 콤플렉스를 느끼는지 모르겠네만."

"흠, 역시 자네에게는 털어놓는 게 나으려나……."

이런 말을 하기는 좀 미안하지만, 파퀴냥오의 첫인상은 전혀 하드펀치냥처럼 보이지 않았네.

몸에는 근육이랄 게 없었고 얼굴은 푹 찌그러져 있었지.

지금껏 수없이 냥냥펀치를 얻어맞아온 얼굴이었어.

"자네와 승부를 내러 왔네."

"'오케이 고양이 이동장의 결투'인가! 오늘 자네가 두 번째네!"

파퀴냐오는 그렇게 말하고 오른쪽 다리에 신은 양말을 벗더군.

"……앗!"

강철로 만들어진 파퀴냐오의 다리도 놀라웠지만 양말을 벗은 뒤 그가 발산하는 위압감에도 놀랐네. 지금껏 수없이 많은 역경을 뛰어넘은 역전의 용사의 얼굴이었지.

승부의 결과는…… 자네도 알다시피 내가 다치기는 했지만 결국 먼저 나가떨어진 건 파퀴냐오였네.

"이거 곤란하군. 자네도 조금 전 그 고양이처럼 패배해서 토라지고 위협할 줄 알았건만, 내가 질 줄이야!"

"난 고양이 신사니까. 아야야. 그나저나 그렇게 무례한 도전자도 있나 보군."

"조금 노려봐줬더니 줄행랑을 치던데. 나이 든 아저씨라고 우습게 보면 큰코다치는 법."

그 뒤로 나는 그 무례한 도전자에 대한 이야기와 파퀴냐오의 무용담, 그리고 그의 의족에 대해서도 들었지.

"곧 새것으로 바꿀 거야. 다 내가 살쪄서 그런 거지만. 아하하핫."

"……."

그다음 일들은 잘 기억나지 않네.

충격을 받았으니.

나는 파퀴냥오가 내뿜는 압박감에 순간 당황했던 내 모습이 떠올라 얼굴이 불붙은 것처럼 화끈거렸고, 인간은 팔다리도 만들어낼 수 있다는 사실에 너무도 놀라고 말았네!

"……허어, 거참."

이기고 돌아왔는데도 풀 죽어 있는 이유는 알아냈다.

강철이니 뭐니 하는 건 잘 모르겠지만, 팔다리를 만든다니.

고양이 언어도 이해하지 못하는 주제에 인간들은 뭐가 이리 똑똑한 걸까.

"좋은 기회로군. 이번 일을 계기로 자네도 다른 고양이를 깔보는 눈빛은 하지 않는 게……."

"앗, 저것 보게! 냐트슨, 하타케 씨야."

"내 이야기는 무시하는 건가. 아무튼 그래, 분명 하타케 씨가 맞는군."

냥즈가 가리킨 곳을 보니 호리호리하고 머릿결 좋은 검은 머리의 청년이 무인 판매소에 채소를 진열하고 있었다.

그 안에는 물론 에메랄드 양배추도 있었다.

뒤쪽 다세대주택에 사는 주민이고 무인 판매소의 주인 소년인 하타케였다.

그가 매장에 채소를 늘어놓고 있으면 늘 인생의 중반전을 끝내고 종반으로 향해 가는 듯한 외모의 인간 암컷들이 "하타케, 하타케" 하고 모여든다.

그는 그 나이대 암컷 즉, 아주머니라는 생물들에게 인기가 높아 보인다.

"하타케. 너무 많이 만들었으니 좀 먹으렴."

"하타케. 우리 집에 잠깐 들러주겠니?"

"우리 딸한테 하타케를 소개해주고 싶네."

고양이인 우리 눈에도 볼과 입술을 새빨갛게 꾸민 박력 넘치는 아주머니들에게 둘러싸여 있는 건 힘들어 보이건만 하타케 씨는 늘 싱글벙글 웃으면서 쾌활했다.

아주머니들은 모기에 물려도 신경 쓰지 않고 계속 서서 잡담을 나눴다.

얼굴 피부가 평소보다 두꺼워진 걸까.

"하타케, 위험해! 얍!"

"아얏!"

그때 아주머니 한 명이 손바닥으로 하타케 씨의 오른 손등을 채찍 휘두르듯 때렸다.

"모기야! 이것 봐! 잡았어!"

아주머니는 짓눌린 모기가 붙은 손바닥을 혀로 쓱 핥았다.

오오! 저것은 야생의 눈빛! 굶주린 고양이의 눈빛 아닌가! 저 아주머니는 야생 아주머니였나!

"아…… 이런, 감사합니다!"

참으로 연약해 보이는 소년이다.

장사를 하는 것을 보니 어린아이는 아니겠지만 앞으로 오랜 세월을 살아가려면 저런 상태로는 힘들 것 같았다.

하타케 씨를 둘러싸고 영원히 이어질 것처럼 보이던 아주머니들의 수다 모임은 한 중년 남자의 출현으로 맥없이 해산되었다.

"어이."

"앗, 하타케. 그럼 난 이만……."

"어머…… 빨래를 그대로 널어놓고 왔네. 가봐야겠어."

"남편 밥을 차려줘야 해. 그럼 다음에 또 봐."

금색의 긴 머리카락, 새카만 안경과 옷, 금색 신발.

양쪽 귀에는 금속이 덜렁덜렁 달렸다.

저 인간은 분명 '건달'이라는 인종일 것이다.

냥즈를 처음 만난 날, 절대 가까이해서는 안 된다고 주의를 들은 위험한 인간 종족이다.

"혀…… 형님."

형님? 하타케 씨는 이 남자의 부하일까? 그 말은 곧 그 역시 건달이라는 뜻. 사람은 역시 외모로만 판단하면 안 된다.

"······형님이라고 하기에는 저자는 그냥 아저씨 같은데? 나이가 지긋하잖아."

냥즈는 건달을 마음속 깊이 경멸해서인지 평소 그답지 않은 블랙유머를 날렸다.

"너 이 자식, 아직도 이러고 있냐? 영감님한테 의리를 지키려고 이러는 거야? 내가 그냥 우리 파에 들어오라고 했지. 오라고 할 때 와라. 주머니 속에 항상 지폐가 두둑한 삶이 기다리고 있으니."

"······의리 같은 것과는 상관없습니다. 혀······ 형님이야말로 이제 슬슬 건실하게 사시는 게······."

건달이 날카롭게 노려보자 하타케 씨는 입을 다물었다.

"채소를 갖다 파는 건 상관없는데 요금함에 좀 더 튼튼한 자물쇠를 달라고. 중학생 녀석들이 노리잖아. 한두 번 도둑맞은 것도 아니지 않나?"

"그건 좀······ 이곳에 사는 주민분들을 신뢰하지 않는 것 같아서요. 전 돈보다 소중히 기른 채소들을 도둑맞는 게 더 싫어요. 달지 않아도 괜찮을 것 같아요."

"이런 안이한 녀석이 있나!"

건달은 한 손으로 에메랄드 양배추를 덥석 움켜쥐고 들어

올렸다.

"형님! 그건 제가 애지중지 기른 양배추인데!"

하타케 씨가 저도 모르게 손을 뻗자 건달은 곧장 갈색 종이 한 장을 그에게 건넸다.

"응? 1만 엔?"

"흥. 이 녀석에게 그 정도 가치는 있겠지. 받아둬."

갈색 종이, 즉 지폐를 몇 장 더 요금함 위에 올려둔 건달은 양배추를 와작와작 씹어 먹으며 사라졌다.

"달콤하군."

"……형님."

"부러운 일 아닌가?"

냥즈가 입을 열었다.

"건달도 돈만 있으면 에메랄드 양배추를 살 수 있다니. 제길! 건달 주제에!"

"아아, 그렇군."

"하지만 중학생들이 돈을 훔쳐 가다니. 그것도 분명 용서할 수 없군. 난 돈 같은 건 좋아하지 않지만 인간이 옳지 못한 방법으로 돈을 손에 넣어서는 안 된다는 건 알아."

"그건 나도 조금은 이해하네."

"이보게! 냐즈! 냐트슨!"

"응? 어라? 배추 할배가 왔군, 냐트슨!"

고개를 돌리니 배추 할배가 이쪽을 향해 비실비실 걸어오고 있었다.

어제만 해도 우리에게 앞으로 집을 나갈 일은 없을 거라고 했는데 어찌 된 일일까. 오랜만에 걷는 배추 할배를 보니 기쁨보다는 걱정이 앞섰다.

"배추 할배, 무슨 일입니까? 어떻게 저희가 이곳에 있는 줄 아시고?"

"아, 자네들이 이쪽을 향해 걸어갔다더군. 그보다 긴급사태 일세, 긴급. 자네 둘에게 감사 인사를 해야 하는데 이거 곤란하게 됐군. 아무것도 준비하지 못했어. 일단 이것부터 받게. 매미 허물인데 둘이서 같이 먹게나."

그러던 배추 할배가 하타케 씨를 보고 순간 몸이 굳었다.

"유…… 유타카……! 유타카! 아무리 시간이 흐르고 성장했어도 잊을 리 없어. 저 남자는 유타카야! 아아."

"배추 할배, 안 됩니다!"

냐즈는 당장에라도 쓰러질 것 같은 배추 할배에게 달려가 고양이 등허리를 부축했다.

우리는 힘을 합쳐 배추 할배를 근처 버스 정류장 벤치로 옮겨서 조심스럽게 눕혔다.

더위를 먹었을지도 몰랐다.

냥즈는 꽉 잠기지 않아 늘 물이 쫄쫄 흐르는 공원 벤치 옆 수도꼭지에 가서 스카프에 물을 적셔 와 배추 할배의 몸을 닦아줬다.

나는 어떡해야 좋을지 몰라 배추 할배의 머리 위에 있던 배춧잎을 그의 이마에 올렸지만 별로 의미 있는 행동 같지는 않았다.

"하타케 씨가 유타카라고? 무슨 뜻일까?"

"배추 할배에게는 미안하지만 절대 그럴 리는 없네."

"흐음, 어떻게 그렇게 단언하지?"

"그 이유를 알고 싶다면 어제 그 수수께끼와 내 냥냥펀치 대결 이야기를 떠올려보게."

"응, 좋아."

나는 냥즈에게 들은 이야기를 순서대로 떠올리며 되짚었다. 역시 장엄하고 절절한 이야기였다.

"다 떠올렸나? 그렇다면 의문점을 짚어주겠나?"

"우선 자잘한 수수께끼가 있었지. 인간의 몸 좌우 체온이 달랐다는 신비로운 이야기. 그리고 유타카 씨 집에 있었다는 불가사의한 동물의 정체. 나머지는 유타카 씨는 왜 배추 할배의 젤리를 잡아주지 않았는가."

"좋네, 냐트슨. 나도 어제 처음 이야기를 들었을 때만 해도 불가사의한 동물의 정체 외에는 전혀 감을 잡지 못했네. 자, 그럼 다음 이야기를 시작하지. 하드펀치냥 파퀴냐오의 이야기일세."

"웅? 냐즈, 잠깐 기다리게. 그 불가사의한 동물의 정체는 대체……."

"파퀴냐오의 다리는 의족이었네. 그리고 그건 강철이라는 단단한 소재로 만들어졌지."

냐즈는 내 질문에는 답하지 않고 또다시 설명을 시작했다.

"이제는 알겠나, 냐트슨?"

"웅? 뭘 말인가?"

정말로 무슨 말인지 모르겠다. 조금 전 이야기에 배추 할배의 수수께끼를 푸는 힌트가 있었나?

"이보게, 이보게! 강철이라니까! 강철로 만들어진 다리야!"

"냐즈. 강철이라는 게 대체 뭐지?"

"이런! 거기서부터 설명해야 하나?"

"그래. 거기서부터 부탁하네."

"잘 듣게. 강철이란 물질의 이름일세! 그렇다면 그 물질은 대체 무엇인가? 자네는 원소기호부터 설명해주기를 바라나? 에이, 됐네. 내가 잘못했네. 강철은 단단한 소재이고 파퀴냥오의 다리는 의족이었다, 그것만 외우게."

"그래, 알겠네."

이런저런 것들을 체념하게 한 듯했지만 여기서 더 따져봐야 냥즈의 기분만 상하게 할 뿐이니, 나는 그가 말한 필수 사항만을 내 작은 머릿속 한구석에 입력해두었다.

"이 정도 정보로 충분하겠지? 알겠나? 다시 말해 하타케 씨가 유타카일 가능성은 아쉽지만 제로라는 걸세."

"음…… 어떻게 그렇게 되지?"

내가 고개를 최대한 숙이고 턱이 바닥에 닿을 정도의 저자세로 면목 없어 하며 물었는데도, 냥즈는 눈을 평소보다 조금 더 크게 뜨고 나를 봤다.

표정에서 '이 녀석, 정말 모르는 건가?' 하는 생각이 훤히 보였다. 이렇게 정중하게 물었는데도 그런 반응은 좀 아니지 않냥?

섭섭했지만 일일이 신경 써봐야 나만 손해다.

언젠가는 이런 상황에 대한 규칙을 만들어두기로 하자.

예를 들어 냥즈가 다른 고양이를 깔보는 표정을 지으면 한 대 때려준다든가.

"그러니까…… 유타카 씨는…….'

"그럴 리 없네!"

"앗!"

"위험해!"

갑자기 흥분했는지 벤치에서 굴러떨어진 배추 할배가 일어서서 숨을 씩씩거렸다.

눈에는 핏발까지 서서 상당히 위험해 보였다.

"그러시면 안 됩니다. 누워 계시는 편이…….'

"시끄럽네!"

앞으로 내민 나의 젤리를 배추 할배가 뿌리쳤다.

죽음을 눈앞에 둔 노묘로는 생각되지 않을 만큼 거센 힘이었다.

"지금 당장 유타카를 만나러 가겠네!"

"배추 할배, 유타카 씨의 오른팔은 의수…… 그러니까, 만들어진 겁니다."

"앗!"

그제야 나도 조금 이해했다.

의수! 냥즈의 설명에 따르면 의수로 뭔가를 '붙잡는' 행위는 불가능하다.

그렇다! 배추 할배는 유타카의 왼팔에 피가 묻어 있었다고 했지만, 오른팔에 대해서는 상처투성이에다가 새끼손가락이 꺾여 있었다는데도 피 이야기는 하지 않았다.

즉, 오른팔에서는 피가 흐르지 않았다. 상처투성이인데도 피가 흐르지 않는 인위적인 팔. 다시 말해 유타카 씨는 배추 할배의 젤리를 잡아주고 싶어도 잡아주지 못했던 것이다.

응? 잠깐만. 몸 좌우의 체온이 달랐다……. 오오! 이 역시 의수이니까! 오른팔이 만들어진 것이었다면 체온이 없어서 차갑게 느끼는 것도 당연하지 않나. 이제는 나도 성장했는지 빠르게 진실에 도달할 수 있었다.

"배추 할배! 기뻐하십시오! 유타카 씨의 팔은 의수! 즉 당신의 젤리를 잡아주고 싶어도 잡아주지 못했던 겁니다! 그것이 바로 진실! 다행이네요!"

"이보게! 그런 건 이미 냥즈의 이야기를 듣고 깨달았네! 그걸 떠나 저 남자는 유타카가 맞아! 그에게서 희미하게 유타카의 냄새가 풍겼단 말일세! 지금 당장 유타카를 만나러 가겠네!"

"……아아."

배추 할배는 누워 있는 곳에서 이야기를 조금만 듣고도 수수께끼를 푼 걸까.

"배추 할배. 평소의 할배답지 않으시군요. 제 이야기를 이해하셨다면 하타케 씨가 유타카 씨가 아닌 것도 깨닫지 않으셨나요? 어째서 그렇게 흥분하시죠? 정 만나러 가실 거면 말리지 않겠습니다. 하지만 우선 몸부터 추스르시고 나중에 천천히 만나러 가는 게……."

"오늘이야! 오늘밖에 없네! 냥즈!"

"……."

찰나의 침묵 후 냥즈가 침을 꿀꺽 삼키는 소리가 들렸다.

모든 것을 이해했으리라.

나는 이해 못했지만 일단 이해한 척하며 침을 삼켰다.

"그래, 오늘이야. 나는 오늘로써 삶을 마감하네. 하지만 오늘인 건 알아도 정확한 시간은 알지 못하지. 바로 눈앞에 다가왔을 수도 있어. 그렇다면 지금 당장 만나러 갈 수밖에 없지 않겠나. 자네라면 이해하겠지, 냥즈?"

"……배추 할배."

그런가. 결국 배추 할배에게 하늘의 계시가 내려온 듯했다.

배추 할배는 오늘 세상을 떠난다.

그것은 틀림없는 사실이다.

그렇다면 우리의 추리 따위는 아무 의미도 없다.

배추 할배가 유타카 씨라고 하면 유타카 씨고, 만나고 싶다면 만나게 해주어야 한다.

하고 싶은 것이 있다면 하게 해주어야 한다.

"……저희가 도와드리겠습니다."

냥즈가 그렇게까지 괴로워하는 표정은 지금껏 본 적이 없었다.

무인 판매소에 도착하자 검은색 옷을 입은 소년들이 요금함 주변을 에워싸고 있었다.

하타케 씨의 모습은 보이지 않았다.

저 소년들은 하타케 씨의 친구 같은 존재일까? 하타케 씨보다 나이가 어려 보이는데.

"이런, 캔 따개를 챙겨 왔어야 했어."

"시끄러워. 원래 이쯤하면 탁 열렸는데."

빨간 머리 소년이 칼끝으로 요금함 바닥을 툭툭 두드렸다.

뭐지? 하타케 씨에게 열쇠를 받지 못한 걸까?

"냐트슨. 저 녀석들이 도둑일세! 지금 상자를 부수려 하고 있네!"

"뭐라고?"

"이 자식들! 너희!"

"아앗? 도망치자!"

"응? 야! 기다려, 이 녀석들! 야!"

하타케 씨가 다세대주택 현관에서 뛰어나오자 소년들은 젤리로 바닥을 툭 쳤을 때 확 퍼지는 개미들처럼 잽싸게 뿔뿔이 도망치기 시작했다.

요금함과 칼을 든 채 아연실색해서 몸이 굳은 한 소년을 제외하고.

"유타카!"

당장에라도 뛰어나갈 기세의 배추 할배를 나와 냥즈가 어깨로 제지했다.

소년은 칼을 들고 있다.

보내면 위험하다.

"너냐? 요사이 돈을 훔쳐 간 아이가. 자물쇠를 튼튼한 걸로 교체해서 다행이군. 돈이 없어서 그래?"

"……."

"뭐라고 대답이라도 해라."

"시끄러워. 뒈져! 이 멍청아!"

냥즈에게 절로 '저건 인간이 아니라 원숭이 아닌가?' 하고 묻고 싶어질 만큼 소통이 불가능한 소년이었다.

"휴. 학교에 연락한다. 그래도 되지?"

하타케 씨는 컬러풀한 납작 어묵, 즉 인간이 스마트폰이라고 부르는 물건을 주머니에서 꺼냈다.

소년은 그 납작 어묵이 어지간히 무서운지 눈에 띄게 당황하기 시작했다.

납작 어묵을 싫어하는 걸까? 맛있는데.

"야! 하지 마!"

"그럴 수는 없지. 당연히 부모님께도 연락이 갈 거야. 많이 반성해야 할 거다."

"그만하랬지! 야!"

"응?"

순간 소년이 스마트폰을 든 하타케 씨의 오른팔을 향해 손을 뻗었다.

칼을 쥔 채로.

"이 자식!"

냥즈가 뛰어가자 배추 할배는 눈을 부릅뜨고 입을 떡 벌렸고, 두려운 마음에 내가 젤리로 양 눈을 가렸을 때 갑자기 "철컹!" 하는 소리가 들렸다.

천천히 눈을 뜨자 앞에서는 건달이 오른팔로 소년의 칼을

막고 있었다.

칼도 못 뚫는 근육질의 소유자? 오른팔에 칼끝이 조금 들어가기는 했어도 건달은 아랑곳하지 않고 소년에게 무서운 기세로 다가갔다.

"이 자식! 쓰쿠루에게 어딜!"

"아앗?"

"우웃!"

냥즈가 저도 모르게 비명을 지를 정도로 군더더기 없이 깨끗한 오른손 스트레이트펀치였다.

소년은 두 번 정도 몸이 빙그르르 돌더니 무릎을 꿇는 자세로 머리를 바닥에 쿵 찧었다.

"형님! 괜찮으세요?"

"호들갑 부리지 마. 상처 하나 없으니까."

건달은 오른팔을 휘둘러 칼을 땅바닥에 떨어뜨렸다.

칼은 예리하게 갈렸는지 바닥 위에서 은빛을 번쩍였다.

아아, 날붙이라는 것들은 어쩜 이렇게 무서울까.

겁쟁이라 해도 어쩔 수 없다. 나는 날붙이가 진저리 날 만큼 싫다.

"기적이다!"

"응?"

"어?"

냥즈가 "여러분!" 하고 소리치자 두 사람이 우리 쪽을 돌아봤다.

"이보게! 냥즈! 이제는 유타카와 재회하게 해줘도 되지 않나?"

"물론입니다! 배추 할배! 가서 유타카 씨와 마지막 포옹을!"

내가 옆에서 '괜찮겠나?' 하는 눈빛을 보내자 냥즈가 고개를 끄덕였고 나는 배추 할배를 놓아주기로 했다.

우리에게서 해방된 배추 할배는 하타케 씨를 향해 비틀비틀 걸어갔다.

"넌…… 말도 안 돼! 양배추잖아!"

그러더니 하타케 씨……가 아닌 건달이 배추 할배를 위로 번쩍 들어 올렸다.

"응?"

배추 할배도 처음에는 어안이 벙벙해져서 "아니야! 네가 아니라고!" 하고 날뛰었지만, 얼마 지나지 않아 조금씩 얌전해지더니 갑자기 고릉고릉 골골송을 부르기 시작했다.

"아무리 나이를 먹었어도 잊을 리 있나! 너 양배추 맞지?"

"맞아, 유타카. 나도 잊지 않았어. 이 감촉! 이 냄새!"

배추 할배, 너무 뻔뻔한 거 아니야? 조금 전까지 하타케 씨를 유타카, 유타카 하고 불러놓고서는.

"응? 너, 뭔가 힘이 없어 보이네. 그래! 쓰쿠루! 양배추 좀 줘라!"

"아…… 네. 고양이가 양배추? 응? 정말 양배추를 고양이한테 주라고요? 어라?"

'쓰쿠루'라고 불린 하타케 씨는 건달에게서 돈을 건네받고 에메랄드 양배추를 배추 할배의 입가로 가져갔다.

"오오, 그래, 이 향기……. 그때 그 양배추 향기가 맞아, 유타카…….'

말투가 꼭 새끼 고양이처럼 변한 배추 할배는 두 앞다리로 양배추를 꼭 끌어안고 와작 씹었다.

황홀한 듯이 눈과 입가가 풀어져 그야말로 온화한 표정을 지었다.

"알려줘. 유타카……. 넌 날 좋아했니?"

배추 할배는 인간에게 고양이어가 통할 리 없을 텐데도 그렇게 물었다.

"계속 찾아다녔어. 마을에 포스터도 붙이고 다녔다고. 네가 사라지고 얼마나 외로웠는지 알아?"

"……아아. 그랬구나……. 과연."

"냥즈."

냥즈는 고개를 연신 끄덕였다.

역시 그랬나.

이것이 바로 냥즈가 말한 '약간의 희망'이었나.

새끼 고양이였던 배추 할배를 수많은 인간이 붙잡으려 한 것은 아마도 포스터를 보고 고양이를 보호하려 한 행동이었을 것이다.

그리고 성묘가 된 배추 할배는 인간의 눈을 피해 숨어 다닐 수 있게 됐다. 이 얼마나 아이러니한 이야기인가.

그때 만약 인간에게 붙잡혔다면 배추 할배는 유타카의 품에 돌아갔을 수도 있다.

"내가 외롭게 했구나……. 미안, 미안, 유타카……."

눈물이 배추 할배의 뺨을 타고 흘러내렸다.

"하지만 이렇게 다시 만나서 다행이야. 앞으로 우리 다시 함께……."

"응? 귀가 갑자기 안 들리네. 이제 정말 끝인가 봐. 응…… 즐거운 묘생이었어. 난 양배추와 유타카, 인간, 그리고 이 세상 모두를 사랑했어. 아! 마지막으로!"

"……?"

"유타카에게 그런 삶은 어울리지 않아……. 그럼 정말로 이만. 잘 지내기를 바랄게⋯⋯."

"이런 삶이 어울리지 않는다고? 응? 양배추! 어이! 지금 장난하는 거지? 이제야 다시 만나게 됐는데! 양배추!"

고개를 툭 떨군 배추 할배는 양배추에 작은 이마를 갖다 붙인 채로 마치 잠든 것처럼 숨을 거뒀다.

배추 할배의 머리 위에 있던 배춧잎이 산들바람에 날려 소리도 없이 땅에 떨어졌다.

양배추에 덤으로 딸려 와서 양배추라는 이름으로 살아온 배추 할배는 양배추를 꼭 끌어안은 채로 죽었다.

만약 이 건달이 정말로 유타카 씨라면 배추 할배는 사랑하는 유타카 씨의 품에 안긴 채 사랑하는 양배추를 꼭 끌어안고 죽은 셈이었다.

질투가 날 만큼 부러운 죽음이었다.

나는 어떤 죽음을 맞이할까.

기왕이면 멋지게 죽고 싶다.

"이만 가세, 냐트슨."

"응."

나머지는 저 두 사람에게 맡기면 될 터였다.

냥즈는 발걸음을 돌리기 전에 "⋯⋯으응? 뭐야? 어떻게 된 거지?" 하며 정신을 차리고 신음하는 소년에게 스트레이트

냥냥펀치를 날려 다시 기절시켰다.

"감동의 재회를 방해할 테니."

그렇다. 방해될 것이다.

"그런데 냥즈. 자네도 당연히 눈치챘을 텐데……."

배추 할배가 전한 '그런 삶은 어울리지 않는다'라는 말.

유타카 씨는 어떻게 고양이어를 이해했을까?

"배추 할배의 마지막 유언 아닌가. 나도 눈치챘지만 희한
하게 의문스럽지는 않더군. 딱히 조사하고 싶지도 않고. 그저
기적이 일어났다. 그 한마디로 충분한 듯하네. 나답지 않아서
우습나?"

"아니, 나도 그걸로 충분하다고 생각하네."

그렇다. 그것으로 충분하다.

그렇게 표현할 수밖에 없다.

"분명 유타카 씨에게 배추 할배의 마음이 전해진 거겠지."

4

냥즈는 배추 할배의 집에서 장례식을 마치고 수수께끼 풀
이를 시작했다.

집주인을 잃고 조문객도 모두 돌아가자 나와 냥즈 두 마리

만 남게 된 집은 휑하고 괴괴해서 한때 배추 할배와 즐겁게 떠들던 곳으로는 도무지 생각되지 않았다.

"의수에 대해서는 설명하지 않아도 괜찮겠지?"

"으, 응……."

인간은 의수와 의족을 만들 수 있다.

유타카 씨는 의수를 차고 있었다.

오케이, 오케이.

"정말인가? 좋아. 자, 그렇다면 자네가 알아야 할 것은 뭘까?"

"……."

또 이렇게 나오나.

여기서 잘못 대답하면 아무것도 모른다는 게 밝혀지니 입을 열기가 힘들었다.

"자네는 어떻게 하타케 씨는 유타카 씨가 아니라고 판단했고, 유타카 씨가 칼에 찔린 그날 그 건달이 유타카 씨임을 알았나?"

"좋아! 자네는 훌륭한 질문자이자 청중일세. 설명하는 보람이 있어!"

나는 한숨을 휴 내쉬었다. 냥즈의 시험에 합격한 듯했다.

"쓰쿠루 씨는 절대 유타카 씨일 리 없었네. 왜냐하면 그의 팔은 의수가 아니었으니."

"언뜻 본 것만으로도 의수인지 아닌지를 판단할 수 있나? 쓰쿠루 씨의 팔이 의수가 아니라는 증거가 어딨지? 나는 인간의 팔을 한 번 본 것만으로는 의수인지 진짜인지 구분이 안 되던데."

"나도 구분을 못하네. 하지만 기억하나? 쓰쿠루 씨는 오른손등을 모기에 물렸다는 걸. 인공적으로 만든 의수에는 피가 흐르지 않지. 그 사실만으로 나는 그가 유타카 씨가 아니라고 단정했네. 이해하나? 물론 인간의 팔다리가 잘려도 다시 돋아난다면 이야기는 달라지겠지만."

아아. 그렇다. 쓰쿠루 씨는 분명 모기에 물렸다.

"그리고 쓰쿠루 씨는 너무 어리네. 배추 할배가 새끼 고양이였을 때는 아마 갓난아기였을걸."

"갓난아기…… 그게 뭐지?"

"우리가 말하는 슈퍼베이비캣. 즉 태어난 지 얼마 안 된 존재를 뜻하네. 배추 할배의 옛이야기에도 등장하지 않았나?"

"언제?"

"이런! 기브 미 어 브레이크! 모르면 어떡하나! 그 불가사의한 야행성 동물 말일세!"

"응? 그건 반려동물이 아니었던 건가?"

"알겠네, 설명해주지. 갓 난 인간이라는 건 말이지, 성묘 정도의 크기이고 밤에는 도무지 이해할 수 없는 기묘한 울음소리를 내는 습성이 있네."

"오!"

인간에게도 우리보다 크기가 작고 지적 능력이 낮은 시기가 있는 건가.

나는 어쩐지 인간이 더 친근해졌다.

"아무튼 그래서 나는 쓰쿠루 씨는 유타카 씨가 아니라는 걸 금방 알 수 있었네. 그리고 쓰쿠루 씨가 유타카 씨를 '형님'이라고 불렀지? 그 말에는 나도 깜빡 속았지 뭔가."

"그렇군!"

우리는 유타카 씨를 건달로 여겼다.

그러니 형님이라는 단어를 어둠의 세계에서 '형님', '동생' 할 때 통하는 의미로 착각한 것이다.

그 말이 정말 실제 형을 뜻했다니. 두 사람이 도무지 닮은 구석이라고는 없어서 깨닫지 못했다.

그럼 그때 말한 '영감님'도 정말로 할아버지를 뜻했을까.

"정확히 구분할 수 있게 된 건 칼에 찔렸을 때 보인 유타카 씨의 반응 덕분이었네. 그는 아프지도 간지럽지도 않은 표정이었지. 그리고 팔에서 뽑힌 칼에는 피가 묻어 있지 않았네.

쓰쿠루 씨의 형이자 의수를 낀 남자, 그 사람이 바로 유타카 씨였던 거야."

이 얼마나 절묘한 이야기인가.

만약 쓰쿠루 씨와 유타카 씨가 그 자리에 없었다면, 칼을 든 소년이 없었다면, 그리고 무엇보다 냥즈가 없었다면 배추 할배는 쓰쿠루 씨를 유타카 씨로 믿고 사랑하는 유타카 씨 품에 안기지도, 사랑하는 양배추를 마지막으로 먹지도 못하고 세상을 떴을 것이다.

"설명은 여기까지일세. 자, 그럼 청소를 시작하지."

"그래."

조만간 이 집은 또다시 집 없는 동물들의 안식처가 될 것이다.

어떤 동물이 기거하게 될지는 모르지만 최소한의 정리는 해두자.

"⋯⋯라스트 캐비지로군."

냥즈는 시든 배춧잎으로 바닥을 쓸며 중얼거렸지만 나는 굳이 무슨 뜻인지 묻지 않기로 했다.

냥즈의 뒷모습에서 당분간은 말을 걸지 말아달라는 뜻을 읽었기 때문이다.

적당히 서늘한 바람이 불어서 어쩌면 가을이 왔을 수도 있겠다고 생각한 어느 날 저녁.

나는 냥즈와 2번지에 사는 잉꼬 콤비, 리즈와 오마에의 콘서트를 보러 가는 길에 유타카 씨와 쓰쿠루 씨를 만났다.

유타카 씨는 뭔가가 가득 든 봉지와 무거워 보이는 도구를 실은 리어카를 끌고 가고 있었다. 머리카락을 짧게 잘랐고 눈썹도 짙어져서 한층 젊어 보였다.

나는 유타카 씨가 건달 일을 그만두었다고 확신했다.

그리 놀랍지는 않다.

그런 삶은 어울리지 않는다고 한 배추 할배의 마음이 전해졌을 것이다.

나란히 걸어가는 모습을 보니 유타카 씨와 쓰쿠루 씨가 꼭 닮아서 두 사람이 역시 형제구나 싶었다.

"형! 조금만 더 힘차게 걸어봐! 양배추 농가는 연중무휴라고! 얼른 갔다 와서 내일을 또 준비해야지!"

"젠장, 동생 주제에……."

"이건 형 동생이 상관없어. 형님은 공백기가 길었으니 내가 선배나 마찬가지야. 우리는 둘이 합쳐 '풍작 형제'니까 더 열심히 해야 해."

"영감이 붙여준 부끄러운 별명으로 부르지 마라. 꼬맹이 시절부터 친척들한테 얼마나 놀림받았는지 알아? '유타카豊와 쓰쿠루作, 둘이 합쳐 풍작豊作 형제'라면서. 트라우마야. 그만해, 기분 나쁘니까."

"할아버지 앞에서는 절대로 그렇게 말하지 마. 양배추도 다 할아버지 땅을 빌려서 키우고 있잖아. 그리고 '그것'에 대한 빚도 있으니 눈치를 봐야지."

쓰쿠루 씨가 유타카 씨의 오른팔을 가리켰다.

"쳇. 이 능동 의수는 비싸더군. 아직도 익숙해지지 않았어. 지난번 장식 의수로 다시 돌아가고 싶을 정도야. 하지만 괭이를 쥐지 못하면 일도 못 하니……."

"다 잘됐어. '조직을 그만둘 거면 새끼손가락 대신 팔 한쪽을 놓고 가라' 같은 말을 하는 배려 깊은 보스여서 다행이지."

"덕분에 영감한테는 또 빚이 생겼네. 생각해보면 조폭들보다 심하다니까."

놀랍게도 유타카 씨는 오른 주먹을 쥐었다 폈다 해 보였다.

나는 능동 의수가 뭔지 모르고 냥즈만큼 머리에 자부심이 있는 것도 아니지만, 인간이 뭔가를 만들어내는 능력에 진심으로 탄복하는 동시에 '고양이는 절대 인간을 이길 수 없겠군' 하고 조금 낙담했다.

그런 내 마음을 털끝만큼도 모르는 냥즈는 두 사람에게 눈길조차 주지 않고 기분 좋은 것처럼 오페라 한 소절을 흥얼거리고 있었다.

고양이는 망각이 빠르니 평범한 고양이라면 잊어버렸어도 이상하지 않지만 냥즈가 두 사람을 잊었을 리는 없었다.

"냐아."

동글동글한 눈동자가 귀여운 갈색 털의 새끼 고양이가 리어카에 실린 도구 틈새에서 고개를 내밀었다.

"어?"

"냐!"

"응? 어라?"

"이야, 오늘도 역시 양배추 밭에 가는 건가? 기분이 좋아 보이네."

"냐!"

"조심해서 다녀와라."

"냐!"

냥즈는 이미 새끼 고양이를 알고 있는 듯했다.

내가 멍하니 지켜보는 동안 형제와 리어카가 시야에서 사라졌다.

"저 아이의 이름은 양배추. 유타카 씨가 큼지막한 양배추를 쩍 가르니 안에 잠들어 있었다더군. 양배추를 아주 좋아하고 평소에 유타카 씨 옆에 껌 딱지처럼 붙어 있다고 해."

"냐즈…… 그건 곧……."

"인간의 언어 중에 다시 태어난다는 말이 있지. 환생이라고도 하네. 기본적으로 나는 그런 걸 믿지 않지만 그저 내가 모르고 있을 뿐인지도 모르지. 왜냐하면 누구든 죽어본 적이 없으니까. 나는 고양이 중에서는 가장 머리가 좋지만 내가 사는 이 세계와 인간에 대해서는 참으로 모르는 것투성이일세. 이 주제는 너무 방대해서 나중에 늙으면 연구해볼 계획이야. 그때는 조수를 부탁해도 되겠나? 자네가 뭘 궁금해하는지 알지만, 저들은 지금 아주 행복하네. 그것으로 충분하지 않겠나? 응? 자, 서두르지. 공연 시작을 알리는 샛별이 이미 반짝이고 있어. 지금부터라도 발걸음을 서두르면 헨체의 그 곡을 들을 수 있을걸세."

1

나는 눈을 감은 채 깊고 느리게 냥호흡을 세 번 하고 눈을 감을 때보다 갑절의 시간을 들여 천천히 다시 눈을 뜬 다음, 늘 연설하는 무대인 콘크리트파이프 위에 폴짝 뛰어올랐다.

오늘 밤 할 이야기는 언제나 그렇듯 냥즈의 활약담이자 내 연애담인 동시에 내가 사랑한 암컷이 행복해진 이야기다.

사랑하는 고양이가 행복해졌는데도 나는 여전히 마음이 왠지 울적하고 괴롭고 아프다.

냥즈의 활약을 듣고 싶을 뿐인 동물들은 내 연애담 따위에 관심 없겠지만, 냥즈라는 고양이가 시크해 보이면서도 실은 누구보다 우정이 두터운 고양이라는 것을 알리려면 그 이야기를 언급할 수밖에 없다.

그녀가 행복해져서 지금 내 가슴엔 구멍이 뻥 뚫린 듯하다.

'실연'이란 아무래도 이런 것인 모양이다.

두 번 다시 겪고 싶지 않다.

"이 녀석!"

부인이 내 머리를 톡 쳤다.

"반성하고 있어?"

"……미야옹."

물론 반성 중이었다.

내가 부인의 이불에 몰래 들어갔다가 보슬보슬한 시트 감촉에 고양이의 본능이 자극돼 나도 모르게 실례를 해버린 것은 사실이고, 나는 백 번 부끄러운 일인 동시에, 바다를 본 적은 없지만 바다보다 깊이 반성해야 한다는 것을 아주 잘 알았다.

하지만 원래 고양이는 못된 짓을 저질렀다는 것을 알아도 반성하기가 몹시 힘든 생물이다.

상대가 말이 통하지 않는 인간이라면 더욱더 그렇다.

"……."

나는 어떻게 반성해야 좋을지 몰라 낭줄기를 쭉 펴고 얌전히 앉아 부인을 멀뚱히 바라봤다.

"얼굴이 이렇게 귀여워서야 원. 어휴, 영차."

말랐지만 의외로 힘이 센 부인은 바닥에 깐 이불과 덮는 이불을 한 번에 들더니 "고양이는 아무 생각 하지 않아도 되니 좋겠다" 하고 중얼거리고는 욕실로 향했다.

나는 그 모습을 또 가만히 지켜볼 수밖에 없었다.

"⋯⋯."

아무 생각 하지 않아도 된다니. 그럴 리가 있나.

앞서 말했듯 내 머릿속은 죄책감으로 가득했고, 언제라도 머리 위에 꿀밤이 떨어질 수 있다는 공포 때문에 부들부들 떨리는 몸을 필사적으로 제어하고 있었다.

엄청나게 무서웠다.

"응, 머리 위에 뭔가가 떨어지는 건 무서운 일이지."

냥즈는 그렇게 말하며 내 앞을 지나쳐 가더니 평소 애용하는 안락의자 위에 점프해서 앉았다.

또다시 내 마음을 읽은 걸까.

뭐 딱히 추리하지 않아도 고양이라면 보고 알 수 있을 법했다.

"반성은 적당히 하게, 냐트슨. 그게 바로 반성의 기술이야. 지나치게 반성하다 보면 자기부정의 늪에 빠지게 돼."

"……알겠네."

그렇다. 지나치게 반성하는 것도 좋지 않다.

이미 충분히 반성했다.

나는 젤리로 얼굴을 한 번 문지르고 외쳤다.

"좋아! 산책이라도 다녀와야겠네!"

"그래."

반성 시간은 끝.

이제는 더 이상 반성하지 않는다.

"두 고양이와 이곳에서 함께 살고 싶네."

"반성하게! 냐트슨!"

"어째서냥?"

"자네는 바보인가!"

"그럴지도!"

조금 전까지 제 입으로 지나치게 반성하는 것이 좋지 않다고 한 주제에.

"……저기, 역시 민폐일까요?"

파란 눈동자를 지닌 아름다운 흰색 고양이 아이린은 아직 눈도 뜨지 못한 아들을 등에 업은 채 초조한 듯이 나와 냐즈 사이를 오락가락했다.

"아아, 신경 쓰지 않아도 됩니다! 조만간 부인이 올 텐데 그녀에게 몸을 맡기십시오! 자세한 이야기는 나중에 천천히 나누도록 하죠!"

"어머♪ 예쁜 야옹이가 들어왔네. 어머? 얘는 아가 야옹이네!"

처음 보는 고양이가 집 안에 들어왔으니 부인이 가만있을 리 없다.

두 마리는 캭 소리를 낼 새도 없이 부인의 손에 끌려가고 말았다.

험한 꼴을 당하지는 않을 것이다.

부인이라면 분명 최적의 케어, 아니 서비스를 해줄 것이다.

"설명해주겠나?"

"으……응."

우리가 사는 집에는 고양이용 현관이 있고 늘 캣푸드와 물이 갖춰져 있다.

따라서 길고양이, 반려묘를 가리지 않고 수많은 고양이가 모여든다.

부인이 자처하는 일이니 데려온 길고양이에게 밥을 나눠주는 행동에는 아무 문제가 없지만, 두 고양이를 이곳에서 살게 하는 것은 차원이 다른 문제라며 냥즈가 화를 내는 것도 이해할 수 있었다.

'보물 파피루스' 사건 덕분에 부인이 돈을 손에 넣어 삶이 다소 편해졌다고는 해도 그때나 지금이나 부인의 몸은 하나뿐이다.

아무리 나와 냥즈가 손이 별로 가지 않는 고양이여도 반려묘가 두 마리나 늘면 부인이 고생하게 될 터였다.

게다가 평소에 손이 가지 않아도 오늘 아침 나처럼 갑자기 이불에 실례를 하는 경우도 있다.

"자네 말이지."

"그냥 둘 수 없었네, 냥즈."

"이러다 보면 끝이 없잖나. 안 그런가?"

"······."

그렇다.

가다랑어 언덕 마을에는 길고양이가 수없이 많다.

그들을 모두 구해주려는 건 주제넘은 짓이라는 것을 알고, 우리와 부인, 그리고 동찰의 능력에도 한계가 있다는 것 또한 안다.

그러나 길을 지나던 아이린이 갑자기 멈춰 서서 새끼 고양이의 등을 핥아주는 모습을 봤을 때, 나는 벼락에 맞은 듯한 충격에 휩싸이고 말았다. 내게도 어미 고양이가 존재했다는 것, 그리고 얼굴도 기억나지 않는 어미에게 그루밍을 받는 것을 아주 좋아했다는 것이 떠오르자 '이 모자를 지켜줘야 해!'라는 생각이 든 것이다.

"이번만일세. 제발 부탁하네."

"자네가 원하는 형태로는 되지 않을 거야."

내가 원하는 형태라는 게 뭔지 모르겠지만 나는 간신히 냥즈의 허가를 받을 수 있었다.

부인과 상의한 결과—그래봐야 서로 야옹야옹, 캬옹캬옹거릴 뿐이지만—결국 아이린과 잭(이름이 아직 없다고 해서 이렇게 부르기로 했다)은 우리 집에서 당분간 함께 지내게 되었다.

❦

냥즈는 암컷 고양이를 싫어한다.

그리고 나는 이미 중성화 수술을 받았다.

아이린과 사랑에 빠질 수 없고 더욱이 욕정 같은 것을 느낄 리도 없지만, 아이린이 잭에게 모유를 주고 있을 때는 어쩐지 어색한 분위기가 흘렀다.

"두 분, 죄송해요."

"아…… 아뇨, 아닙니다!"

"어미 고양이가 새끼에게 모유를 주는 건 당연한 일이지요. 신경 쓰지 마시고 별말씀 안 하셔도 됩니다."

젤리를 꼼지락거리거나 뒷다리로 머리를 벅벅 긁으며 나는 심하게 당황하는데도 냥즈는 변함없이 시크했다.

나는 어디에 시선을 둬야 할지 몰라 헤매다가 배가 빵빵해져서 느릿느릿 걷는 잭을 봤다.

기분이 좋은 걸까. 잭은 빈 페트병 옆에 쓰러지듯 홱 드러눕더니 병을 꽉 끌어안고 뚜껑을 핥기 시작했다.

잭은 평소 걱정이 될 정도로 얌전한 새끼 고양이다.

거의 울지 않고 울어도 "햐웅" 하고 의미 없는 울음소리만 냈다.

말을 배우려면 앞으로 조금 더 시간이 필요해 보였다.

"아. 역시 엄마랑 아들이구나. 이런, 어떡하지. 부모와 자식을 떨어뜨리면 안 될 것 같은데……."

부인은 아이린과 잭을 입양 보낼 곳을 찾고자 했다.

나야 그냥 이곳에서 함께 지내는 게 좋을 것 같았지만, 이곳의 보스는 당사묘는 인정하지 않아도 냥즈다.

어떤 길고양이든 가리지 않고 친절하게 냄새를 킁킁 맡아주는 냥즈이지만 이 모자에게는 항상 태도가 차가운 것을 보면, 앞으로도 아이린 모자가 가다랑어 언덕에서 잘 지내기는 어려울 것 같았다.

부인도 그걸 눈치챘는지 아이린과 잭을 둘 다 거둬줄 입양자를 찾기로 한 듯했다.

아침부터 코와 윗입술 사이에 연필을 끼우고 별로 넓지도 않은 집 안을 이리저리 오가며 "어렵네, 어려워" 하고 중얼거렸다.

그나저나 부인은 왜 항상 바지가 아닌 팬티 차림일까? 밖에서 만날 때는 청바지 차림이건만.

"실례합니다."

아이린은 사뿐사뿐 걸어가 고양이 모래로 향하더니 소변을 쪼르륵 보기 시작했다.

이 역시 어미 고양이를 떠나 동물이면 누구든 하는 당연한 행위인데 나는 또다시 당황했다.

"이제는 적당히 좀 하시죠."

"네? 뭘 말인가요?"

"그거 말입니다."

아이린은 소변을 보며 냥즈를 향해 젤리를 흔들었다.

그녀는 소변을 볼 때마다 냥즈에게 이런 움직임을 보였다.

수컷의 기능을 이미 오래전에 잃어버린 나로서는 알 수 없지만, 발정기 암컷의 오줌에는 페로몬이 함유돼 있어 그 냄새에 수컷이 반응한다고 한다.

즉 아이린은 젤리를 흔들어 오줌 냄새를 냥즈에게 보내며 그를 유혹하고 있었다.

그녀의 이러한 행위는 나를 몹시 괴롭고 애타게 했다.

며칠 정도 이곳에서 지내고 우리가 일할 때도 졸졸 따라오면서 아이린은 나와 냥즈에게 수컷의 순위를 확실히 매겼다.

물론 강하고 똑똑한 냥즈가 1위, 감정적이고 냥즈의 이야기를 듣기만 하는 나는 큰 차이로 2위 아니겠는가.

어느 날 밤 냥즈는 나에게 말했다.

"원래 암컷이란 존재들은 항상 수컷에게 순위를 매기려 하네. 나는 암컷들의 그런 면이 거북해. 아니, 확실히 말하지. 나는 그녀가 싫네. 아무리 하리모토 부인이 있다고 해도 우리가 일하러 갈 때 아이를 내버려두고 따라오는 모습도 그렇고, 무엇보다 그녀는 자네 험담을 하더군. 나는 그런 걸 참을 수 없네!"

고마운 말이다. 하지만 아이린 씨가 나를 두고 냥즈의 졸개라는 험담을 하고 다닌다는 건 이미 알고 있었다. 글쎄, 그런데 그게 뭐 어쨌다는 말인가. 얼굴을 마주하고 그런 말을 하는 것보다 뒤에서 하는 게 나로서는 훨씬 낫다.

아이린은 가끔 냐즈의 꼬리에 자신의 꼬리를 엮고 달콤한 목소리로 속삭이거나 냐즈의 몸에 은근슬쩍 자신의 냄새를 묻힌 적도 있었다.

냐즈는 물론 그럴 때마다 "앞으로도 이곳에서 지내시려면 그런 행동은 삼가주시겠습니까?"라며 그녀를 거부했다.

이곳에서 으뜸가는 권력묘 냐즈에게 그런 말을 듣고 아이린은 치근덕대지 않게 됐지만 그래도 가끔 이런 페로몬 공격은 했다.

냐즈는 물론 독신이고 아이린도…… 응? 그러고 보니 아이린은 애묘가 없는 걸까?

잭이 있다는 건 곧 남편이 있다는 뜻일 텐데.

"으응?"

나는 또다시 가슴속이 초조해졌다.

이 감정은 냐즈를 향한 걸까, 아이린을 향한 걸까, 아니면 잭의 아버지를 향한 걸까.

"그게 바로 질투라는 걸세, 냐트슨. 아니, 사랑이려나?"

"응?"

내 머리 위에 있는 안락의자에서 냐즈의 목소리가 들렸다.

이 자식.

또 내 마음을 읽었나. 하지만 질투? 사랑? 내가 아이린 씨를 처음 봤을 때 느낀 충격! 그것이 바로 흔히 말하는 첫눈에 반한다는 것일까? 그렇다면 이것은 사랑? 사랑이라는 걸까? 그것도 짝사랑? 소문으로는 들었지만 이렇게까지 슬프고 괴로운 것일 줄이야.

그러나 사랑이란 곧 '아이를 만들려는 욕구'와 함께 가는 것 아니었나? 중성화 수술을 받은 내가 사랑이라니, 이건 코미디 같은 일 아닌가! 사랑이라니. 응? 나는 왜 그녀를 좋아하게 되었을까? 그리고 좋아하게 되었는데 왜 나를 좋아해주기를 바라지는 않는 걸까? 왜 좋은 입양자를 만나 행복해지기를 바라는 걸까? 역시 사랑이란 냥즈가 포기할 만큼 거대한 수수께끼다.

'왜?'가 멈추지 않는다.

"진정하자, 진정해. 발정도 본능도 아닌 사랑? 그런 말도 안 되는……."

"냥즈 씨! 상의드릴 일이!"

"으냐!"

케이브는 역시나 아무리 겪어도 익숙해지지 않는 헤드슬라이딩을 하며 집을 찾아왔다.

나는 이제는 슬슬 으레 하는 일이 돼가는 '화들짝 놀라 뒤로 콰당' 의식을 의무적으로 했다.

"……응? 케이브 씨? 개의 부탁을 받는 냥즈 씨는 정말 대단한 고양이네요!"

아이린은 촉촉한 눈망울로 냥즈를 바라보며 평소처럼 공치사를 날렸지만 냥즈는 그녀와 눈도 마주치지 않고 케이브 곁으로 다가갔다.

"여어, 케이브 씨. 오늘은 또 무슨 일입니까?"

"오! 냥즈 씨, 안녕하십니까. 이런, 아이린 씨. 개인 제 눈에도 확연할 만큼 여전히 아름다우시군요!"

"어머! 케이브 씨, 짓궂으시긴!"

케이브의 못된 버릇이 시작됐다.

케이브는 아이린을 연신 칭찬했고 아이린 역시 케이브에게 뭔가를 묻고는 해서 이야기가 좀처럼 본론에 들어가지 못했다.

"헤에."

냥즈가 참을성 있게 케이브의 이야기를 들으며 아이린과 나란히 있는 모습을 보고, 그야말로 미수컷과 미암컷의 멋들어진 커플이라는 생각이 들어서 나는 냥즈와 경쟁할 마음조차 들지 않았다.

나는 그저 방해되는 고양이일 뿐일까. 어쩐지 가시방석 위에 앉아 있는 기분이었다.

부인은 휴대전화를 만지작거리는 데 집중하느라 케이브가 들어온 것도 눈치채지 못한 듯했다.

"키얏."

"웅?"

"키얏."

뭐지, 이 가슴에 훅 꽂히는 소리는? 고양이 귀를 기울여보니 그것은 그냥 소리가 아닌 울음소리였다.

잭이 하품을 하듯 입을 크게 벌린 채 작지만 열심히 울음소리를 내고 있었다.

혼자 떨어져 있어서 외로웠을 것이다.

이 희미한 울음소리를 들은 고양이는 나뿐인 듯했다.

내가 할 수 있는 일이 있을 것 같지 않았지만 나는 냥즈와 아이린, 부인에게 방해되지 않도록 조심스럽게 잭 곁으로 다가갔다.

"키야."

잭은 졸린지 눈을 반쯤 감고 있었다.

"왜 그러니?"

"……."

잭은 갑자기 젤리를 내 얼굴에 갖다 붙이더니 위아래로 움직이기 시작했다.

"아아, 이 녀석, 이 녀석."

아프지는 않고 간지러웠다.

나는 당연히 육아 경험이 없어서 어떡해야 좋을지 알 수 없었다.

일단 마음대로 하게 내버려두기로 했다.

"……."

"……그래, 마음껏 꾹꾹거려라."

……꾹꾹꾹꾹꾹꾹꾹꾹꾹꾹.

"……쿠울."

"쿠울?"

연신 남의 고양이 얼굴을 눌러대더니 갑자기 순식간에 잠들어버렸다.

새끼 고양이는 앗 하는 사이에 무슨 짓을 저지를지 모르는 신기한 존재다.

나는 수건 재질로 된 담요를 물고 와서 잭에게 덮어줬다.

"흠, 그렇군."

나는 중성화 수술을 해서 앞으로도 자식을 가질 수 없다.

지금껏 느껴본 적 없는 감정이 나를 덮쳤다.

"……그렇구나."

나는 평생 아버지가 되지 못한다.

조금 울적해져서 잭의 코에 코를 갖다 붙이고 킁킁거리자 잭은 기분 좋은 듯이 몸을 뒤척거렸다.

　사랑스러웠다.

　"냐트슨! 자네도 오게! 뭐 하고 있나?"

　"응…… 알겠네!"

　때마침 잡담을 마치고 본론에 들어가려는 찰나였다.

　"개복치 공원에 사는 새와 개에게서 신고가 접수됐습니다."

　"네? 개복치 공원요?"

　개복치 공원. 전에는 어땠을지 모르지만 지금은 오랫동안 관리가 전혀 되지 않아 초목이 무성하고 어두침침한 자연공원이다.

　"개복치 늪에서 죽은 동물이 나왔나?"

　냥즈는 옆에 찰싹 달라붙어 있는 아이린이 아닌 나를 향해 말했다.

　공원 땅바닥에 커다랗게 팬 곳이 있는데, 비가 많이 내리는 시기에 빗물이 들어차면 개복치 늪이 된다.

　개복치 늪에 빠져 위험해지는 동물이 많다고 해서 냥즈가 "흙을 채워 넣는 게 좋을 겁니다"라고 주의를 줬다지만 계속 뒤로 밀리기만 하다가 오늘날에 이르렀다.

냥즈가 말하기를 이건 관청이 나서야 하는 업무라고 했다.

"네, 그 말씀이 맞습니다. 개복치 늪에서 죽은 동물이 나왔습니다. 익사라고 합니다."

"뭐라고요? 그건 말도 안 됩니다. 불가능할 텐데요."

"냥즈. 어떻게 불가능하다고 잘라 말하지?"

"냐트슨, 그곳은 수심이 얕네. 그저 움푹 팬 데 물이 괸 웅덩이 같은 곳이야. 지금껏 개복치 늪에 빠진 동물이 몇 있었지만 다들 스스로 탈출했네. 그 안에서 온몸이 물에 빙글빙글 휘감기기라도 하지 않는 한 어린 동물도 빠져 죽지는 않을걸."

"그 말씀이 맞습니다, 냥즈 선생님."

"네?"

"피해를 당한 새는 온몸이 빙글빙글 휘감겨 늪에 가라앉았습니다. ……괴물에 의해서요."

"괴물?"

아이린은 무서워졌는지 냥즈에게 몸을 한층 더 밀착했다.

냥즈는 아랑곳하지 않고 케이브의 이야기를 들었다.

"그럼 개복치 공원에서 일어난 두 가지 사건에 대해 말씀드리겠습니다."

2

"우선은 개 쪽부터 말씀드릴까요? 이 개는 아직 살아 있습니다. 하지만 지금은 집에서 치료 중이라 대신 설명해드려야겠네요. 개는 얼마 전 비가 내리던 날 집에 돌아가기 위해 개복치 공원을 달리고 있었습니다."

"흐음."

"그러다가 위쪽에서 버스럭거리는 소리가 들려 멈춰 서서 하늘을 올려다보니 기나긴 화장실 휴지가 나뭇가지에 매달려 하늘하늘 흔들리고 있었다고 합니다."

"화장실 휴우지이?"

아아, 인간의 화장실에 있는 그 수수께끼 종이 말인가.

냥즈는 물론 나와 아이린도 부인이 화장실에서 자주 "화장실 휴지가 없어! 에이, 됐다!" 하고 외치는 소리를 들어서 그 종이의 존재를 알고 있었다.

"하늘에서 화장실 휴지가 떨어진 건가요?"

"그렇다고 합니다."

"계속하시지요."

하늘에서 화장실 휴지가 떨어졌다는 것부터 꽤나 으스스한 이야기지만 냥즈는 극히 냉정했다.

"그 개는 서둘러 집에 가고 있었다는 사실도 잊고 화장실 휴지를 멍하니 바라봤다고 합니다."

"이해합니다, 이해해요."

옆에서 내가 끼어들어 말했다.

하늘에서 화장실 휴지가 떨어져 나뭇가지에 걸려 흔들리고 있었다면 나도 그랬을 터였다.

"냐즈 씨, 그런데 말이죠. 그 흔들리던 화장실 휴지가 갑자기 뚝 멈추는가 싶더니 스스슥거리는 소리를 내며 마치 사냥감을 노리는 뱀처럼 움직였다지 뭡니까."

"시, 싫어요!"

공포를 느꼈는지 아이린의 등 털이 바짝 곤두섰다.

나도 그럴 뻔했지만 수컷의 자존심으로 간신히 제어할 수 있었다.

"그리고 멍하니 있던 그 개를 화장실 휴지가 덮쳤습니다."

"화장실 휴지가 덮쳤다고요? 그건 꼭……."

"냐트슨, 설마 휴지 귀신이라고 말하려는 건가?"

"일일이 마음을 읽지 말게! 물론 그렇게 생각하기는 했지만……."

휴지 귀신. 그것은 미확인 생명체, 다시 말해 요괴다.

휴지 귀신은 의지를 지녀 움직이는 하얀 종이(천?)인데 상대의 몸을 옥죄어 쓰러뜨린다고 한다. 설마 그런 것이 현실에 존재할 줄이야!

"휴지 귀신이라……. 저는 뭔지 잘 모르지만 화장실 휴지라고 부르려면 기니까, 그럼 휴지 귀신이라고 부를까요? 아무튼 나무에서 떨어진 그 휴지 귀신에게 머리를 가격당한 개는 잠시 의식을 잃었습니다."

"잠깐만요. 떨어졌다고요? 아무리 높이가 있어도 종이가 머리에 닿은 것 정도로 기절할 리 없잖습니까?"

"그게 말이죠. 그 휴지 귀신은 돌처럼 단단했다고 합니다. 그리고 그가 눈을 뜨니 휴지 귀신은 이미 사라지고 없었다고……."

"싫어! 거짓말이에요, 그런 이야기!"

"이런, 침착하십시오, 아이린 씨. 흠, 과연. 개복치 마을의 요괴 사건이라고 불러야 할까요? 이건 정말 어려운 사건…… 즉 수수께끼가 되겠군요."

냥즈는 하는 말과는 정반대로 왠지 기뻐 보였다.

이 수컷은 늘 이렇다.

수수께끼의 크기가 거대하면 거대할수록 기뻐하는 경향이 있다.

파트너인 나는 그가 믿음직스러웠지만 한편으로는 오싹하

기도 했다.

"케이브 씨. 개복치 공원 입구에서 직선으로 쭉 가면 가장 안쪽 울타리에 붙은 폐건물이 있죠?"

"폐건물? 아, 네. 그런 것 같습니다. 참! 그러고 보니 거기에서도 작은 사건이 일어났었네요. 하지만 냥즈 씨, 그래도 이번 일과는 상관없지 않을까요?"

"아뇨. 그곳에는 옛날에 골동품 가게와 병원이 있었을 터. 단순한 우연으로 치부할 수만은 없겠지요. 그쪽에서 일어난 사건도 들려주십시오."

"……냥즈 씨가 그렇게 말씀하신다면."

나와 냥즈는 사건에 크고 작은 건 없다고 생각하지만, 분명 그 개복치 빌딩에서 일어난 사건은 그리 서두를 필요가 없어 보였다.

'개복치 빌딩의 열린 창문에서 부드러운 끈 같은 게 떨어졌다'라는 사건이었다.

정확히 몇 마리인지 모를 개와 고양이가 피해(?)를 봤다고 했다.

아무래도 질이 좋지 않은 외부묘들이 그 빌딩에 터를 잡은 것 같다는 이야기가 돌았다.

물론 케이브 입장에서도 외부묘가 사고를 치면 곤란하니

기회만 있으면 그들을 붙잡아서 훈계하고 싶지만, 맛있는 음식을 빼앗아 가거나 위협했다는 증거가 없고, 추방할 정도로 못된 짓을 저지르지도 않았을뿐더러 동찰이 방문하면 시치미를 뚝 떼는 바람에 하릴없이 상황을 지켜보고만 있다는 것이었다.

"냐트슨. 파퀴냥오와의 대결 때 나보다 먼저 파퀴냥오를 찾아왔다는 도전묘 이야기를 기억하나? 그 녀석은 파퀴냥오에게 '나는 모 마을에서 온 냥아치 팀의 리더다. 앙갚음을 해주마'라고 위협했다더군. 하지만 결국 파퀴냥오와의 대결에서 패배하고 그날 이후 자취를 감췄다고 하네. 나도 그 냥아치들을 찾고 있었는데 어쩌면 빌딩에 산다는 외지묘들이 그들일지도 모르겠군."

"응. 나도 그 이야기는 기억하네."

냥즈가 패배감을 느꼈다는 그날 이야기를 나도 기억하고 있었다.

충격적이었으니까.

"다행이군! 자네가 보증해준다면 틀림없겠지. 내 머릿속은 항상 새로운 수수께끼를 투입 중이라 작은 수수께끼의 기억은 가물거릴 때가 있네. 그럴 때 감정으로 모든 것을 기억하는 자네를 내가 의지한다는 것도 잊지 말게나."

"그렇게 추켜세울 일은 아닐세."

냥즈는 공치사는 하지 않는 고양이다.

갑자기 그런 말을 들으면 쑥스럽기 마련이다. 앗.

아이린이 원망하는 표정으로 내 쪽을 보고 있다.

내가 냥즈에게 칭찬받은 것이 마음에 들지 않을 것이다.

흥분하면 안 된다. 흥분하면 안 되지만 역시 칭찬을 들으면 꼬리가 살짝 서고 만다.

"냥즈 씨. 다시 본론으로 돌아가죠."

"본론이라니! 흥! 이해를 못하시는군요! 제 추측이 맞으면 그 악묘 집단을 한꺼번에 체포할 수 있을 텐데요! ……뭐 상관없겠죠. 그럼 이야기를 이어서……."

"이보게!"

"아얏! 또인가? 고맙네."

나는 냥즈의 볼을 젤리로 가볍게 때렸다.

냥냥펀치라고 하기는 어렵고 그렇다고 냥따귀를 갈긴 것도 아니고 찰싹 때린 정도였다.

"냐트슨 씨! 어쩜 그렇게 심한 짓을!"

"……?"

아이린은 놀란 듯했지만 최근 며칠간 우리 사이에서는 종종 있는 일이었다.

냐즈의 상대를 깔보는, 즉 '어떻게 이런 것도 모르지?' 하는 표정은 다른 동물에게 쉽게 상처를 입힌다.

그 역시 이 나쁜 버릇을 고치고 싶다고 해서 나는 그가 그런 표정을 지을 때마다 꼬리로 엉덩이를 치거나 냥따귀를 날렸다.

케이브도 그 사실을 알았다.

"왜 냐즈 씨가 미안해하세요? 냐트슨 씨가 사과해주시죠!"

"아이린 씨. 잠깐만 조용히 해주시겠습니까? 냐트슨 군은 아무 잘못 없습니다. 오히려 저를 올바른 길로 끌어주고 있지요."

"……."

아이린은 내게 할 말이 남았지만 꾹 참는 듯했다.

"자, 그럼 제가 어디까지 했죠?"

"개복치 늪 이야기부터 시작하시면 됩니다."

"아아, 네. 그럼 자네, 잠깐 이쪽으로."

"그래, 실례하겠네."

케이브가 고양이용 현관에서 고개를 빼내자 갈색과 흰색이 섞인 무늬의 새가 집 안에 들어왔다.

참새보다 크고 제비보다 작은 털이 복슬복슬한 새였다.

"이런!"

"아앗!"

이번에는 냥즈가 내 뺨을 찰싹 때렸다.

"응?"

아이린의 반응은 조금 전에 비하면 놀라울 만큼 싱거웠다. '냥즈 님이 해주셨어! 냐트슨, 꼴좋다!'라는 심정이었을지 모른다.

"주의하게."

"그…… 그래."

새를 보자마자 낚아채고 싶어져 내 눈빛이 사냥꾼의 눈빛으로 변했다. 그럴 때는 냥즈가 나를 때려주기로 했다.

"무…… 무슨 일이지?"

"아뇨. 별일 아닙니다. 신경 쓰지 마십시오. 성함이?"

"흐음. 우리는 이름 없는 철새. 뭐라 불러야 할지 모르겠다면 그냥 아무개라고 부르게나."

"네, 그럼 무개 씨라고 부르겠습니다."

"좋아."

"영차."

케이브가 다시 고양이용 현관으로 고개를 집어넣자 무개 씨가 지저귀듯 이야기를 시작했다.

"얼굴도 모르는 새였네."

무개 씨는 다리와 날개를 접고 앉았다.

그 모습이 마치 통통한 서양배 같아서 나는 웃음을 꾹 참았다.

"개복치 늪이라고 했나? 아무튼 태풍이 불던 날 그 주변을 비바람을 헤치며 날고 있으니 앞을 날던 새가 갑자기 멈춰서는 게 아니겠나. 그러더니 멍하니 뭔가를 바라보더군. 그래서 나도 녀석이 보는 쪽을 봤는데, 그곳에서 훨훨 날고 있었네. 휴지 귀신이."

무개 씨는 케이브 뒤에서 우리 이야기를 듣고 있었는지 자연스럽게 휴지 귀신이라는 단어를 언급했다.

"난 왠지 섬뜩해져서 그 녀석과 휴지 귀신으로부터 조금 거리를 두고 상황을 지켜봤네. 그랬는데…… 휴지 귀신이 갑자기 그 녀석을 공격하는 게 아니겠나. 나는 소스라치게 놀랐네! 휴지 귀신은 마치 살아 있는 것처럼 그 녀석 위를 덮치더니 몸을 둘둘 에워싸더군. 녀석은 몸을 움직일 수 없게 되자 마침내 늪 속으로 떨어져버렸네. '안 돼!' 할 때는 이미 늦었지. 녀석은 늪에서 얼굴만 내민 상태였고 나는 황급히 동찰을 부르러 갔네. 하지만 돌아왔을 때는 이미 부리 끝부분만 보였고…… 끝내 녀석은 철퍼덕 소리를 내며 늪 속으로 사라져버렸네."

휴우 하고 한숨을 내쉬는 나와 아이린.

휴지 귀신이 정말 존재하는 걸까. 아니면 미지의 생명체
가……? 나는 나름대로 추리해봤지만 냥즈는 이번에도 역시
폐건물에 대해 케이브에게 물었다.

"케이브 씨. 역시 그 폐건물이 중요합니다. 그 이야기를 조
금 더 해야 합니다. 최근에 언제 그곳에 가보셨죠?"

그런 것을 물어서 무슨 소용이 있을까 싶었지만 케이브는
떨떠름한 얼굴로 대답했다.

냥즈는 왜 폐건물 따위에 이렇게 집착하는 걸까.

"직접 가본 적은 없습니다. 부하에게 시켰죠. 최근에요? 글
쎄, 잘 모르겠네요."

아무래도 케이브도 나와 같은 생각을 하는 듯했다.

"길고양이들 말이군. 왠지 그리워, 케이브. 그 건물에는 학
원과 신문 배달소, 그리고 미용실과 병원이 있었지."

무개 씨로부터 병원이라는 단어를 듣고 냥즈를 제외한 모
두의 얼굴이 굳었다.

병원과 수의사.

그 두 단어는 야생동물도 두려워한다.

"제법 큰 사건이 되겠군요. 우선은 개복치 늪에서 사체를

건져 올리죠. 늪 속에 계속 두기는 딱하니까요. 제가 지시를 내리겠습니다. 응? 왜 그러시죠, 케이브 씨? 위험하다고요? 물이 빠질 때까지 기다리면 된다고요? 아닙니다! '지렛대원리'라는 필살기가 있으니까요! 그걸 활용하면 간단합니다. 그리고 가능하면 그 개분께도 이야기를 들으러⋯⋯."

3

작은 다툼이 일어났다.

아이린은 냥즈와 함께 개복치 늪에 가고 싶어 했지만 냥즈는 거절하고 나를 데려가겠다고 했다.

결과적으로 견차는 케이브를 포함해 두 마리밖에 없어서 아이린은 케이브에게 무리하게 추가 견차를 요청했고, 그렇게 견차가 더 올 때까지 기다리게 되자 냥즈는 몹시 초조해하는 모습을 보였다.

"아이린 씨. 새 한 마리가 살해된 곳에 당신 같은 레이디가 갈 필요는 없습니다. 아니, 확실히 말씀드리지요. 방해하지 말아주셨으면 합니다."

"어머, 냥즈 씨. 전 보기보다 아는 게 많답니다. 도움이 될 거예요. 살짝 모자라 보이는 저 냐트슨 씨보다는 분명⋯⋯."

아이린이 내 쪽을 봤다.

조금 전 내가 냐즈에게 칭찬받은 게 마음에 들지 않기도 하겠지만 그녀의 눈빛에서는 멸시의 기운이 느껴졌다.

이곳에 산 지 며칠 안 됐어도 아이린은 내가 별로 머리가 좋지 않고 어리바리하다는 것을 눈치챘을 테고, 나 역시 그녀가 타산적이고 나보다 머리가 좋다는 것을 깨달았다.

나보다 그녀가 냐즈의 조수로 더 어울릴지도 모른다.

내가 냐즈 옆에 붙어 있어도 그의 의미를 알 수 없는 혼잣말에 맞장구를 치거나 엉뚱한 질문을 던져서 비웃음을 살 뿐이다.

"……제가 당신과 함께 움직일 극히 미미한 가능성이 조금 전 당신의 말 때문에 사라져버렸습니다. 아이린 씨, 파트너를 욕하는 말을 듣고 기분 좋을 고양이가 있을까요?"

"그 파트너라는 말씀이 저는 잘 이해가 안 돼요. 우수한 수컷에게는 우수한 암컷이 함께하는 게 상식 아닌가요? 냐트슨 씨의 어떤 면을 그렇게 좋게 평가하시는지 전혀 이해가 안 된다고요!"

마침내 냐즈는 예의 '다른 고양이를 깔보는 표정'을 아이린에게 지어 보였다.

"'자상함'과 '자기희생'이라고 말씀드려야겠군요. 그리고 본능이 아닌 감정으로 움직이는 인간스러움. 저는 슈퍼영캣 시절부터 고독했습니다. 하늘이 선택한 고양이였으니까요."

냥즈가 아닌 다른 고양이 입에서 들으면 비웃음을 살 말이 었지만 우리는 부인할 수 없었다.

"인간도, 고양이도, 심지어 부모조차 저를 한 번도 평등하 게 봐주지 않았죠. 두려워하고, 경멸하고, 가끔은 불길하게 여겼습니다. 제게 다가오는 건 당신처럼 우수한 유전자의 자 손을 남기려는 목적의 암컷들뿐이었어요! 하지만 하리모토 부인과 냐트슨은……."

냥즈는 부인 쪽을 보고 다시 나를 봤다.

희미하게 미소 짓는 듯한 표정이었다.

"저를 평범한 '야옹이', 그리고 평범한 '친구'로 대해줬죠. 이게 얼마나 대단한 일인지 당신이 이해하시겠습니까?"

말을 마치고 냥즈는 내게 냥속말을 했다.

"이거 곤란하군. 내가 말하는 '인간스러움'이라는 건 아무 래도 '부인스러움'을 뜻하는 것 같네."

그렇게 말하고 내게서 떨어지는 냥즈에게 나는 냥따귀를 날렸다.

그가 원한다고 느꼈기 때문이다.

"그런 표정은 금지라고 했잖나."

"아차! 이런. 그럼 아이린 씨, 실례했습니다. 먼저 출발하겠습니다. 냐트슨, 곧 뒤따라오게나. 좋아, 자네. 잘 부탁하네!"

"하흥!"

냐즈는 남아 있던 견차 한 마리에 올라탔다.

그리고 목덜미에 달라붙었다.

"가자, 실버!"

"와후훙!"

냐즈가 오른 다리로 옆구리를 가볍게 걷어차자 견차가 기세 좋게 뛰어나갔다.

"……가버렸군요."

냐즈가 화를 냈다.

'파트너를 욕하는 말을 듣고 기분 좋을 고양이가 있을까요?'라니.

그가 나를 위해 화를 내줬다는 기쁨 반, 그리고 그 일 때문에 아이린 씨가 또 화가 나겠다는 미안함 반을 느꼈다. 그리고 지금까지의 냐즈의 묘생을 생각했다.

당연한 말이지만 냐즈 역시 고양이였다.

"쳇! 팔자 좀 피나 했더니!"

우수한 수컷과 자손을 남기면 팔자가 핀다고들 하는 모양이다.

그나저나 냥즈가 사라지자마자 아이린의 태도가 싹 바뀌었다.

암컷들은 대체 얼마나 겉과 속이 다른 걸까.

"냐트슨 씨."

"네?"

"제가 당신을 보고 발정할 일은 고양이와 개가 뒤바뀌어도 없을 거예요. 눈곱만큼도 기대하지 마세요. 아무리 멍청하다고 해도 아시겠죠? 암컷 고양이는 본능적으로 강하고 똑똑한 수컷 고양이를 좋아한다는 사실을요. 당신은 그 어느 쪽에도 속하지 않아요. 자상함? 자기희생? 그런 게 뭐가 매력적이죠? 그에 비하면 저분은 강하고 똑똑해요! 거기에다가 아름답기까지. 더할 나위가 없어요. 힘만 센 멍청이는 이제는 지긋지긋해요."

지금보다 아주 조금만 더 그녀와 친해지고 싶다는 나의 마음 깊숙한 곳의 작은 희망조차 버리라는 뜻일까.

"아…… 모진 말씀이군요."

"당신, 중성화 수술도 했는데 이상해요. 암컷에게 관심을 보이다니요. 그리고 저런 우수한 분 옆에 계속 달라붙어 있는 한, 어떤 암컷도 당신을 보고 발정하지 않을 거예요. 거리를 두는 게 어떨까요?"

"……."

"응? 지금 무시하는 거예요? 조금 기분 나쁘네요. 세련된 대화도 할 줄 모르세요?"

거리를 둔다. 이 집 안에서 냥즈와 자신 둘만 남게 해달라는 에두른 충고일 터였다.

그런데 냥즈 옆에 과연 내가 있을 필요가 있을까.

그 뒤로는 서로 말없이 어색한 시간만 흐르다가 마침내 추가 견차 둘이 와주었다.

견차 중 한 마리가 케이브는 이미 개복치 늪에 도착했다고 전했다.

아이린은 감사 인사도 하지 않고 그냥 닥스훈트 위에 오르더니 "자, 빨리 그분 곁으로 가주세요"라고 했다.

"뭐 하세요? 얼른 가야죠!"

"조금만 기다려주십시오."

나는 하리모토 부인 옆에 가서 부인의 팬티 고무줄을 잡아당겨 탁 소리를 울렸다.

"어머?"

나를 발견하고 쳐다보고 있는 부인에게 나는 고개를 꾸벅 숙였다. '잭을 잘 부탁합니다'라는 마음이 담긴 인사였다.

"응? 뭐야? 무슨 일인지 모르겠지만 걱정 말고 잘 다녀와."

어떻게든 마음이 전해진 듯했다.

이로써 안심하고 나갈 수 있었다.

아이린은 그런 내 모습을 차가운 눈빛으로 쳐다봤다.

"이런. 누님, 여기서부터는 통행금지입니다만?"

"당신들은!"

"응? 누님이라니?"

개복치 공원으로 향하는 우리 앞을 덩치가 크고 왠지 질 나빠 보이는 연갈색 털의 외지묘들이 막아섰다.

유심히 보니 예전 색이 어땠는지 알 수 없을 만큼 고양이들의 털이 아주 더럽고 지저분했다.

"여어. 오랜만이로군, 아이린. 말도 없이 사라지는 건 너무 하잖아."

유독 몸집이 크고 위압감을 주는 고양이가 지저분한 고양이들을 어깨로 밀치고 우리 앞으로 걸어 나왔다.

군데군데 털이 벗겨졌고 온몸이 딱지투성이다. 아직 덜 굳어서 고름이 낀 딱지도 있고, 게다가 오른쪽 다리에는 피로 더럽혀진 돌 고리 같은 것을 끼고 있다.

그 모든 것이 우리의 공포심을 자극했다.

"……키드."

아이린은 그를 그렇게 불렀다.

"누구죠?"

"……제 예전 수컷. 그러니까 잭의 아버지예요."

"예전 수컷요?"

새끼 고양이를 데려왔을 때부터 어렴풋이 눈치챘지만 아이린은 역시 유부냥이었나.

"너희가 누군지는 모르겠지만 일단 좀 따라와봐. 응. 별일 없을 테니 걱정하지 말고."

여기서 이 흉악한 고양이들과 다퉈서는 안 된다.

견차들은 이미 전의를 상실한 채 입가를 떨며 슬픈 듯이 컹컹 울고 있고, 무엇보다 자칫 잘못 저항해 아이린을 위험에 빠뜨릴 수는 없다.

여기서는 키드의 말을 믿고 따라가야 한다.

"……정말 최악이네요. 힘만 센 저 멍청이를 다시 만나다니."

❖ ❖

"이봐. 빨리빨리 걸으라고."

우리는 악묘들에게 둘러싸인 채 냥즈가 말한, '부드러운 끈

낙하 사건'의 현장인 개복치 빌딩 계단을 강제로 올라가 문이 부서져 아무나 드나들 수 있는 퀴퀴한 방으로 들어갔다.

아아, 이들이 그 문제의 낭아치들이었나.

눈빛이 하나같이 광기로 가득 차 있어 정상이 아니다.

냉정해져야 한다. 방 안을 둘러보니 벽에 달라붙은 어수선한 책상 위로 열린 창문이 보인다. 저곳을 통해 어떻게든 도망칠 수는 없을까? 아니, 어려울 것이다.

고양이가 뛰어내리기에도 너무 높은 곳이고 우리 중에는 개도 있다.

"이곳에서는 울고 발버둥 쳐봐야 소용없어. 이 암컷 고양이, 너 때문에 얼마나 애먹었는지 알아?"

"이런 곳까지 쫓아올 줄이야…… 키드."

"가다랑어 언덕시에서 너를 목격했다는 정보를 듣고 며칠이 지났을까. 이곳을 거점으로 삼고 좀 뒤졌지. 자, 이리로 와."

"싫어! 당신은 폭력을 쓰잖아!"

폭력! 아이린은 가정 폭력을 당한 걸까? 나는 키드에게 불끈한 표정을 지어 보였다.

"응? 그 표정은 뭐야? 이 자식이, 죽을래? 일단 데려오기는 했지만 이 개자식들은 동찰일 테고, 넌 누구지? 설마 아이린의 새로운 수컷인가?"

내가 부정하기도 전에 아이린이 먼저 강하게 부정했다.

"그만해! 이 고양이는 아무 고양이도 아니야! 내 새 수컷의 이름은 냥록 냥즈! 당신 따위와 비교도 할 수 없을 만큼 강하고 똑똑한 수컷이라고!"

사실이기는 하지만 나는 몹시 상처받았다.

"냥즈? 그래. 그 녀석은 나중에 손봐주기로 하고 일단 이 멍청해 보이는 수컷과 동찰 개부터 처리해야겠군."

나는 이곳에서 살해되는 걸까. 역시 냥즈의 말이 옳았다.

"크엉……! 카르르! 싫다왕왕!"

"뭐야! 쳇! 놓치지 마라!"

방 안을 에워싼 범상치 않은 분위기와 키드가 내뿜는 살기 때문에 더는 못 견디겠는지 패닉에 빠진 동찰 개 두 마리가 갑자기 날뛰기 시작했다. 그들은 키드의 부하가 덤벼들어도 아랑곳하지 않고 계속 날뛰었다.

동찰치고는 겁이 너무 많아 보였지만 그래도 개라서 그런지 역시 힘에서는 밀리지 않았다.

나는 이 소동을 기회로 보고 아이린의 젤리를 쥐고 잡아당겼다.

어쩌면 모두 무사히 도망칠 수도 있을 거라 판단했지만,

키드는 냉정했다.

"개는 내버려둬라! 저 암컷만 놓치지 마!"

그러자 고양이들이 일제히 우리 쪽을 돌아봤고, 개 두 마리는 컹컹 짖으며 그대로 출구로 달려가 사라져버렸다.

조금씩 거리를 좁혀오는 냥아치들.

나는 단숨에 아이린을 밀어 넘어뜨리고 그 위를 감쌌다.

거의 무의식적인 행동이었다.

"꺅!"

"이 자식! 지금 뭐 하는 거냐?"

"이 암컷에게 발톱 하나라도 갖다 대면 이 몸이 용서하지 않겠다!"

"오? 배짱이 두둑한데."

"앗! 으윽!"

키드가 오른쪽 젤리로 내 머리를 내리쳤다.

머리 위에 뭔가가 떨어진다는 공포와 돌처럼 단단한 젤리 펀치 때문에 하마터면 울음이 터질 뻔했지만 꾹 참았다.

"헛! 인내심이 대단하군. 하지만 얼마나 버틸 수 있을까? 좋아! 너희도 합세해라!"

"네!"

사방에서 고양이들이 달려와 내게 박치기를 퍼부었다.

"으앗!"

"냐트슨 씨! 떨어지세요! 제가 두어 대 맞으면 그걸로 끝나요!"

"말도 안 되는 소리 마! 단 한 대도 용납할 수 없어! 자식이 있는 엄마가 몸 걱정도 안 하다니! 잭은 어떡하려고 그래!"

"……."

키드의 부하들이 화장실 용변 위에 모래를 덮는 것처럼 뒷발로 나를 퍽퍽 걷어찼다.

내가 맞은 시간은 채 1분도 되지 않았을 테지만 영원처럼 느껴졌다.

"끈질기군. 부하로 삼고 싶을 정도야. 얘들아! 다들 발톱을 세워라!"

그 말을 듣고 순식간에 내 냥줄기 털이 쭉 곤두섰다.

이렇게 많은 고양이가 발톱을 세워 공격하면 나는 아마도 죽을 텐데……. 바로 그때였다.

갑자기 검은 번개가 방 안에 튀어 들어오는가 싶더니 순식간에 내 주변에 있는 고양이들이 나자빠졌다.

간신히 의식을 차린 고양이는 키드뿐이었다.

"으읏…… 네놈은 누구냐…… 커헉!"

"누구든 상관없지. 네놈에게 댈 이름 따위 없다!"

"……."

키드는 강력한 냥냥펀치를 얻어맞고 발라당 쓰러졌다.

"케이브 씨! 이 녀석을 체포해주십시오. 여어, 냐트슨. 늦는가 싶더니 이런 곳에 있었나? 아이린 씨는…… 오! 자네가 아이린 씨를 지켜준 건가? 역시! 그렇다면 다친 데는 없겠지? 훌륭하네, 냐트슨. 하지만 문제는 자네야. 괜찮은가? 설마 '이제는 끝일지도 몰라' 같은 말을 중얼거리지는 않겠지?"

검은 번개, 즉 냥즈가 지금껏 한 번도 본 적 없는 울상을 지은 채 불안한 표정으로 그렇게 말했다.

"괜찮네."

나는 몸 곳곳이 욱신거렸지만 그의 그런 표정을 잠자코 볼 수 없어서 그렇게 대답하고 간신히 몸을 일으켰다.

"이 창문, 이 책상…… 그리고 이것 좀 보게. 이 빈 상자! 이게 바로 이곳이 요괴가 처음 나타난 장소임을 암시하고 있어."

냥즈가 내게 하얀색 고리가 그려진 빈 상자를 보여줬다.

"그게 대체 뭔가?"

"이건 '붕대'일세. 자네도 본 적 있지 않나? 이봐, 키드. 이 안에 든 걸 밖에 버린 게 너희들이지?"

"……그래, 맞다. 근데 그게 뭐? 그렇게 가볍고 부드러운 걸 창밖으로 던진 게 죄라도 된다는 거야?"

키드는 케이브에게 목덜미 부근을 살짝 깨물린 상태에서 대답했다.

순순히 대답하지 않으면 케이브의 날카로운 엄니가 목덜미에 푹 꽂힐 터였다.

"되지. 바로 살물죄殺物罪. 케이브, 보여주게. 사체에서 떼어낸 붕대 끝부분. 정확히 들어맞지 않나? 이건 흔들리지 않는 증거가 될 거야."

"살물죄? 지금 나랑 장난해?"

"이 방 안에 물건이라고는 이 붕대 박스밖에 없어. 이건 물에 닿으면 굳는 석고붕대야. 굳으면 돌처럼 단단해지지. 자네도 알고 있지 않았나? 이 붕대를 써서 오른쪽 젤리를 치료하려다가 붕대가 도중에 굳어버렸고, 급한 마음에 붕대를 다시 벗기려 했지만 미처 다 벗기지 못했겠지. 그래서 오른쪽 다리에 그 돌 고리 같은 걸 차고 있는 게 아닌가? 파퀴냥오와의 냥냥펀치 대결에 져서 도망쳐버린 이 왕겁쟁이 고양이 씨?"

"뭐? 어떻게 그걸!"

순식간에 얼굴이 창백해진 키드를 아랑곳하지 않고 냥즈는 말을 이었다.

"요괴의 정체지."

"……자네는 개복치 늪에 있는 사체를 본 건가?"

"그래. 웅덩이에서 사체를 건져 올린 다음 이곳에 왔네. 냐트슨, 자네는 오지 않아서 다행인 줄 알게. 그 사체는 물을 잔뜩 흡수해서 몸이 빵빵하게 부풀어 올랐고 고약한 가스가…… 그만하지."

"응! 그만하게!"

듣고 싶지 않았다.

"태풍이 불던 날 빌딩에서 석고붕대를 떨어뜨린 고양이. 바람에 날아간 붕대 중 하나는 새의 몸에 감겼고 그대로 굳어버렸지. 그리고 또 하나는 개 위에 떨어졌고. 그렇게 된 거야."

물에 닿으면 굳는 붕대. 그런 게 있었을 줄이야.

"해답을 알고 나니 허무한 이야기군."

"수수께끼란 건 원래 그렇네."

"하지만 자네는 어떻게 그런 붕대를 알고……."

"……."

냥즈는 나를 날카롭게 노려봤다.

"아."

그렇다. 냥즈도 파퀴냥오와의 냥냥펀치 대결에서 젤리를 다쳐 붕대를 감은 채로 집에 돌아왔었다.

분명 그날 냥즈는 신경이 날카로워져서 발톱으로 붕대를 벗기려 하지 않았던가.

그것이 바로 물에 닿으면 단단해지는 성질의 붕대였을 줄이야.

"뭐였지? 그래. 인간들은 이런 상황을 두고 '뜻밖의 수확'이라고 하더군. 자네는 부인 덕에 붕대를 다 벗겨낼 수 있었고 말이야!"

내가 뭔가 보조해야 한다고 생각해 말을 쥐어짜내자, 냥즈는 표정을 살짝 찌푸리고 대답했다.

"뭐 그렇지."

4

뒷이야기를 해보겠다.

키드와 부하들은 동찰이 관리하는 폐가에 갇히게 되었다.

정말로 살물죄가 적용될지는 아직 미지수지만, 키드는 물에 닿으면 굳는 붕대의 성질을 알면서도 부하에게 빌딩 창문으로 붕대를 던지게 했다.

다시 말해 누군가의 몸에 붕대가 감기거나, 굳은 붕대에 맞으면 큰일 날 수도 있다는 걸 알고서도 저지른 행위다.

동찰은 이것을 살의로 판단해 키드와 부하들에게 살물죄 또는 살물 미수죄를 선고했다.

살물죄는 중죄이고 그 밖의 여죄도 있다고 한다.

오랜 갱생의 시간이 그들을 기다릴 것이다.

이로써 아이린과 잭은 이제 자유다.

그러고 보니, 참.

아이린과 잭을 입양하겠다는 인간이 나타났다.

다행스럽게도 둘을 함께 입양할 거라고 했다.

어미와 자식이 한집에서 살 수 있다. 훌륭하지 않은가.

"응? 뭐예요?"

"아니, 아무것도 아닙니다."

사건 뒤에도 아이린은 변함없이 냥즈에게 엉덩이 페로몬을 뿜었지만 냥즈는 변함없이 무시했다.

딱 하나 크게 바뀐 점은 그날 이후 아이린이 잭 옆에 찰싹 달라붙어 있다는 것이다.

아이린은 하리모토 부인과 나는 물론이고 냥즈조차 잭 옆에 다가가지 못하게 했다.

생명의 위험에 노출되자 자식을 지키려는 어머니의 본능에 눈을 뜬 게 아니겠느냐고 냥즈는 말했다.

"어머니의 본능 말인가⋯⋯."

"아이린 씨는 이제야 진짜 잭의 어머니가 된 거지."

그리고 며칠 지나지 않아 마침내 작별의 시간이 찾아왔다.

부인과 젊은 남녀 커플이 담소를 나누고 있다.

커플은 온화하고 평화로운 분위기를 발산하고 있어서 못된 인간이 아닐 거라고 나는 판단했다.

냥즈에게 "괜찮아 보이는 인간들이군"이라고 하자 그도 "응. 좋아 보이네" 하고 대답해줘서 그들은 고양이에게 좋은 인간이라는 결론이 나왔다.

좋은 인간에게 보살핌을 받는 건 좋은 일이다.

대화가 끝나자 아이린과 잭은 고양이 이동장에 들어갔고 하리모토 부인이 이동장을 들어 올렸다.

부인은 이동장 문을 우리 쪽으로 보이며 마지막 인사를 할 시간을 주었다.

"냥즈 씨. 당신과 헤어지게 돼서 아주 괴롭답니다. 당신만큼 강하고 똑똑한 고양이는 두 번 다시 만나지 못하겠죠."

"부디 건강하시기를 바랍니다. 아이린 씨."

아이린은 여전히 냥즈만을 바라봤고 냥즈는 여전히 차가웠다.

이제는 거의 완성된 두 마리의 공간에 내가 비집고 들어갈 틈은 없다.

"자, 냐트슨. 두 분께 작별 인사를 하렴."

"키야?"

"응?"

아이린의 말에 나와 잭은 똑같이 눈을 크게 뜨고 그녀를 바라봤다.

냐트슨? 잭을 향해 냐트슨이라고? 아아, 그런가. 이제 떠나는 자신들에게 나더러 인사해달라는 말인가? 그러나 내가 입을 열려는 찰나 잭이 나를 젤리로 가리키며 입을 우물거리기 시작했다.

"갱이…… 꿩이. 고, 고양…… 고양이!"

"오오!"

잭이 처음으로 말을 했다! 또박또박 '고양이'라고 했다.

"냐트슨, 너 해냈구나!"

아이린도 잭을 핥아주면서 기뻐했다.

으응? 또 냐트슨?

"실은 이 아이의 이름, 냐트슨으로 정했답니다. 강하지 않고 멋지지 않을뿐더러 머리도 좋지 않지만 세상에서 가장 용기 있고 자상한 고양이의 이름이지요."

"……?"

순식간에 눈시울이 뜨거워진 나는 대번에 치밀어 오르는 정체 모를 감정에 공포를 느끼고 집 밖으로 뛰쳐나갔다.

"안녕히 계세요. 고맙습니다, 냐트슨 씨."

아이린의 목소리가 등 뒤에서 들렸다.

🐾 🐾

"아오아오…… 아오…… 아오오옹!"

그날 밤 이후 나는 높은 나무 위에 올라가 거기서 이틀 남 짓을 쉬지 않고 울었다.

수많은 인간에게 시끄럽다는 잔소리를 들었고 부인도 몇 번이나 내려오라고 했지만 냥즈만은 아무 말도 하지 않았다.

말없이 눈을 가늘게 뜨고 괴로운 듯이 나를 바라봤다.

웬일인지 눈에서 눈물이 멎지 않았다.

대체 뭘까? 이 감정은.

이틀째 되던 날 밤, 눈물은 여전히 줄줄 흘러내렸지만 갑 자기 기분이 쓱 가라앉아서 '이제 슬슬 가볼까' 하고 나무에 서 내려왔다.

냥즈는 그곳에 있었다.

"미안하네, 냥즈……. 난 자네 동거묘로서 실격이야."

냥즈가 나를 동거묘로 정한 건 내가 중성화 수술을 마친 덕에 시끄럽게 울지 않아서였다.

그러나 이토록 오랫동안 크고 요란하게 울부짖었다.

쫓겨나도 할 말은 없었다.

"왜지?"

"울었으니."

"아니. 이건 다른 울음이네. 자네는 인간들이 말하는 사랑을 경험했지. 사랑을 잃고 울었지만 지금껏 자네 정도로 내 뇌를 자극하는 고양이는 없었어. 자네가 집을 나가겠다고 해도 나는 자네를 보내지 않을 거야."

"……."

그런가. 역시 이 감정은 사랑이었나.

그리고 나는 실연을 겪은 걸까.

이제 와서 깨닫는 걸 보니 역시 나는 둔감하다.

"실연이라는 건 당사자를 지치게 한다더군. 자, 맛있는 간식 츄르와 물이 준비돼 있네. 함께 먹세."

그때 나는 나무 아래에서 줄곧 나를 지켜본 냥즈 또한 아무것도 먹고 마시지 않았다는 것을 깨달았다.

나는 감사의 마음을 담아 그를 껴안아주고 싶었다.

그가 함께 괴로워해주지 않았다면 나는 슬픔에 겨워 숨이 넘어갔을지도 모른다.

"밝고 신나는 음악을 듣지."

집에 돌아가자 라디오에서 음악이 흘러나오고 있었다.

'어스윈드앤드파이어Earth, Wind & Fire'가 가을에 만난 암컷과의 사랑을 노래했다.

'비틀스'가 인생은 그래도 이어지고 사랑이 필요하다고 노래했다.

"……좋군."

음악은 인류 최고의 발명일 것이다.

"울면서 들은 곡과 먹은 음식의 맛은 잊지 못하는 법이네. 나는 울지 않았지만 오늘 자네와 들은 이 곡들은 평생 잊지 못하겠지."

나는 그 말이 분명 맞으리라고 생각하며 콧물을 훌쩍였다.

가을이 끝을 맞이하려는 그 무렵에 나는 사랑과 실연, 그리고 깊은 우정을 배웠다.

셜록 홈즈의 편지

1

이번 이야기는 내가 가장 좋아하는 이야기다.

고양이 청중들에게는 어려울 수 있지만 이 이야기는 처음부터가 아닌 사건을 해결하고 몇 주 지난 시점부터 시작한다.

부인이 '셜록 홈즈'에게서 편지를 받고 내가 '이세계'에서 일어난 일을 떠올리는 구성이다.

"응? 아, 맞다. 어제 우편함을 확인 안 했구나!"

요즘 입버릇처럼 다이어트를 이야기하는 부인과 함께 나와 냥즈가 아침 조깅을 하러 나갔을 때였다.

부인은 1층으로 내려가 우편함이라는 이름의 상자 뚜껑을 열고 혼잣말로는 여겨지지 않을 큰 목소리로 그렇게 말했다.

부인은 리드 줄을 손에 쥐었고 나와 냥즈는 줄을 목걸이에 걸고 기세등등했는데, 부인이 우편함을 열고 몇 장의 편지를 꺼내더니 우리에게 보여줬다.

뭐라고 적혀 있는 걸까.

"장난이려나?"

나는 부인의 눈을 바라보며 '얼른 읽어, 얼른 읽어' 하고 채근했다.

"'셜록 홈즈'에게서 온 편지야. 두 고양이에게⋯⋯."

"⋯⋯셜록?"

내가 누구 이름인지 떠올리지 못하고 있자 냥즈는 이렇게 말했다.

"얼룩 끈의 비밀."

"아아!"

나는 '셜록 홈즈'의 그 속이 뒤집히는 얄밉게 웃는 얼굴을 완전하고도 완벽하게 떠올렸다.

바람이 불 때마다 '미안해!' 하고 외치고 싶어질 만큼 추운 계절에 일어난 일이다.

검은색과 갈색이 섞인 카오스 고양이 필립이 우리를 찾아 왔다.

"큰일 났습니다. 제 본명은 필립이고 지금 이름은 사비스 케라고 합니다. 여기까지는 문제가 없지요. 사비스케는 제 주인이 붙여준 이름입니다. 그런데 말이죠. 당사묘를 앞에 두고 이런 말씀 드리기 송구스럽지만 저는 '냐트슨'이라고 불리는 건 참을 수 없습니다."

"냐트슨이라고 불린다고요?"

"네. 이세계에서."

"이세계!"

단숨에 꼬리가 곤두서고 빵빵하게 부풀었다. 이세계라는 단어를 듣고 가장 먼저 떠오르는 건 역시 '보물 파피루스' 사건에서 엘리베이터에서 겪은 일이었다.

그날의 일은 무시무시했다. 진저리가 날 만큼.

"……엘리베이터 이야기인가요?"

"에레베타?"

"신경 쓰지 마시죠. 계속하십시오."

냥즈가 젤리로 내 왼쪽 귀 끝을 톡 때렸다.

잠깐 잠자코 있으라는 신호다. 나는 입을 다물었다.

"어제 일어난 일입니다. 자주복 마을의 자주복 길을 주인과 산책할 때였습니다."

자주복 마을의 자주복 길. 산책하기에 안성맞춤인 장소다. 인적이 드물고 옆 바닷가에서 파도 소리도 들려온다.

"그곳에서 말이죠. 털이 샛노란 인간 수컷이 갑자기 저를 와락 껴안더군요. 저도 하드보일드를 추구하는 고양이인지라 소란을 피우지는 않았지만 내심 소스라치게 놀랐습니다."

"그 심정 이해합니다."

"저도."

나도 이해하고 싶었다. 그래서 이해한다고 했다.

"그런데 말이죠. 녀석이 갑자기 이런 말을 꺼내더군요. '오늘부터 넌 냐트슨이다!'라고……."

"주인이 있는데도 말입니까?"

내가 물었다.

"주인이 있는데도 말입니다."

"기묘하군요."

"기묘합니다."

"계속하시죠."

나는 또다시 귀를 얻어맞았다.

"자주복 길에 있는 거대 창고를 아십니까?"

"네."

그곳은 이름에서 알 수 있듯 거대한 창고다. 창고 안에 집한 채가 들어갈 만하다.

"그곳은 말이죠……. 실은 내부가 이세계입니다. 창고 안에집이 또 있습니다."

"네?"

농담이 아니고 진짜 건물 안에 또 건물이 있다고? 놀란 나를 보며 필립은 말했다.

"냐트슨 씨, 놀라지 마세요. 그 안에 작은 집이 하나 더 있었으니까요! 창고 안에 건물이 두 개나 있는 겁니다!"

"지…… 집이 하나 더요?"

큰 창고 안에 집이 있는데 작은 집이 또 있다고? 대체 무슨소리지?

"그곳은 믿기 어려울 만큼 엉망진창인 세계였습니다……. 우선 검은 눈이 하나뿐인 괴물과 함께 춤추는 거한…… 그는그곳에서 마초 씨라고 불리더군요."

"……마초 씨라."

눈이 하나뿐이라면 몬스터 같은 걸까. 마초 씨는 그 몬스터와 한 패거리인 걸까?

"그리고 스즈감. 이자는 별로 신경 안 써도 됩니다. 그리고 이누야마 로일롯."

"이누야마 로일롯? 이상한 이름이군요."

"아뇨, 냥즈 씨. 그 이세계에서는 말이죠, 모두의 이름이 엉망진창입니다. 그는 중간 크기 집에서는 로일롯이라고 불리고 다른 곳에서는 이누야마라고 불리고 있습니다."

"중간 크기 집에서는 부르는 이름이 달라진다는 뜻인가요……?"

"중간 집과 작은 집에서 이름이 달라지는 인간이 많았습니다. 전 중간 집과 작은 집에서 냐트슨이라고 불렸고요……."

필립이 진심으로 불쾌해하는 얼굴로 말해서 나는 속으로 그렇게 냐트슨이라고 불리는 게 싫은가 싶어서 약간 슬펐지만 꾹 참았다.

"저를 이세계에 데려간 장본인인 아이네는 중간 집에서는 홈즈라고 불렸습니다."

"홈즈요?"

평상시에 거의 목소리를 높이지 않는 냥즈가 큰 소리를 내서 나와 필립은 화들짝 놀라 몸을 부르르 떨며 굳어버렸다.

그런 우리의 공포를 조금도 눈치채지 못하고 냥즈는 집 안을 이리저리 돌아다니며 기분 좋은 듯이 콧노래까지 냥냥 흥얼거렸다.

"이세계. 과연! 분명 이세계일 수도 있겠군요!"

나는 그제야 눈치챘다. 냥즈는 사건의 진상을 대부분 깨달 았지만 모든 것을 밝히기 전까지 우리에게 알려주지 않는 상 태로 들어갔다는 것을.

"원래 저렇습니다. 신경 쓰지 마시고 계속하세요."

이번에는 내가 계속하라고 말했다. 냥즈의 조수로서 이미 익숙한 상황이다.

"아, 네. 그럼 중간 집에서 이름이 달라진 인물들을 정리해 볼까요?"

"그렇게 해주시죠."

"아이네는 홈즈. 이누야마는 로일롯. 전 냐트슨. 마초 씨는 계속 마초 씨였습니다. 그리고, 아아…… 그 남자…… 가네 코!"

"가네코?"

나와 냥즈는 동시에 그렇게 외치고 눈을 크게 떴다.

"그렇습니다, 가네코!"

필립은 양 눈을 젤리로 가렸다. 입에 담기에도 쑥스러운 듯했다.

그럴 만도 했다. '가네코'는 고양이가 가장 좋아하는 인간의 이름이다.

'세계 최초의 고양이'를 뜻하는 '가미네코神猫'가 '가네코'로 바뀌었다냥 뭐라냥.

무엇이 좋으냐면 일본어로 고양이를 뜻하는 단어인 '네코'가 들어가서 좋다.

가네코…… 그야말로 아름다운 울림이다.

평범한 고양이라면 벌러덩 드러누워서 한 시간은 족히 즐거워하겠지만, 백전노장인 우리는 헛기침 한 번으로 냉정해질 수 있었다.

"가네코는 처음에는 와트슨으로 불렸지만 이후 A로 불리더니…… 심지어 아이네는 그를 문어라고도 부르더군요."

흥분이 식지 않은 상태에서 필립은 열심히 설명해주었다.

그가 말하기를 가네코는 그 안에서 가장 많은 이름을 지닌 인간이라고 했다.

역시 가네코.

"가네코는 대단합니다. 몇 번인가 아이네에게…… 아니, 홈즈에게 살해돼도 되살아나는 남자니까요……."

"뭐라고냥? 살해돼도 되살아난다? 아무리 가네코라고 해도 그건 너무 대단한 것 아닌가요?"

"그 모습을 저는 아이네의 왼팔에 안겨 수없이 지켜봤습니다. 아이네는 싱긋 웃으며 오른손에 권총을 들었고 가네코는 총탄에 맞았죠. 그리고 엄청난 양의 피……. 아이네…… 그러니까 홈즈는 너무해요! 가네코를 죽이고 문어니 뭐니 하면서 가네코를 비난하더니, 이후에도 분노를 참지 못하고 마초 씨와 주변 여성, 노인에게도 마구 화풀이를 했죠. '싫으면 그만해라' '내가 없었으면 아무도 거들떠보지 않았을걸' '내 덕을 본 주제에 와트슨이 되고자 한 벌이다. 몇 번이든 죽어야지' 같은 영문을 알지 못할 말을 외쳤고…… 스즈감은 그 모습을 보고 머리를 감싸 쥐었고 이누야마…… 로일롯은 싱글벙글 웃으면서……."

"……가네코."

그렇게 중얼거리기는 했지만 머릿속은 혼란 그 자체였다.

이름이 너무 많아서 누가 누구인지 구분할 수 없었다.

그런 내 속마음을 알아챈 냥즈는 "정리하죠" 하고 등장인물을 정리해주었다.

"이름을 통일해봅시다. 우선은 필립 씨를 이세계에 데려간 금발 소년……."

홈즈, 즉 살인귀 아이네는 '아이네'.

괴물과 춤을 춘다는 마초는 '마초 씨'.

아무래도 존재감이 없어 보이는 남자는 '스즈감'.

이누야마, 로일롯이라고 불린 남자는 '이누야마'.

와트슨, A, 문어처럼 이름이 여럿인 우리 가네코는 당연히 '가네코'다!

"그럼 원래 하던 이야기로 돌아가죠. 피가 묻지 않은 새 옷으로 갈아입은 가네코는 그 뒤로 어떻게 됐죠?"

냥즈는 태연하게 물었지만 나는 속으로 '응?' 했고 필립은 뭔가 무서운 것을 본 것처럼 냥즈를 봤다.

"……응? 옷 이야기는…… 하지 않은 것 같은데요?"

"가네코는 살해돼도 되살아나서 창고에서 사라졌고, 필립 씨께서 작은 집 주변을 어슬렁거리다가 문득 다시 보니 입에서 내뱉은 피와 몸에 묻은 피가 흔적도 없이 사라진 상태로 중간 집에 돌아왔다, 제 말이 틀렸습니까?"

"아뇨. 그 말씀이 맞습니다! 어떻게 아셨죠? 꼭 마법 같군요! 설마 냥즈 씨도 이세계의 고양이인가요?"

필립이 놀라는 모습에 마치 냥즈를 처음 만났을 때 나를 보는 것 같아서 미소가 절로 지어졌다.

나도 애써 반응을 숨길 뿐이지 속으로는 '대단해! 정말 어떻게 알아냈을까?' 하고 심장이 쿵쾅거렸다.

놀라서 쓰러질 것 같았다.

"그래야만 하니까요. 제 추리가 정말로 맞는지 확인하러 가시지 않겠습니까? 필립 씨. 이세계라는 곳은 의외로 괜찮습니다. 겁낼 필요가 없고 오히려 즐거워해야 마땅하지요. 냐트슨. 엇, 이번에는 진짜 냐트슨을 말하네."

냥즈는 내게 눈빛을 보내며 정장을 입고 오라고 지시했다.

"네, 그렇다면 그곳에서 다시 뵙지요. 아아, 이거 내키지 않는군요. 저는 이세계가 싫습니다······. 이세계에 더는 가고 싶지 않아요."

"저희가 옆에 있으면 하나도 무서울 게 없습니다. 부디 젤리 밑을 조심하며 돌아가시길 바랍니다."

우리는 오늘도 주인의 손에 이끌려 이세계에 간다며 우울해하는 필립과 자주복 길 이세계 창고 앞에서 다시 만나기로 약속하고 일단 헤어졌다.

필립의 주인과 함께 움직였다가는 쫓겨날 수도 있었다.

따로 움직이는 게 좋을 터였다.

냥즈에게 "케이브를 부를 건가?" 하고 물었지만 "아니, 사건이 일어난 것도 아니니 굳이 오게 할 필요는 없지"라고 했고, 우리는 이번에는 견차가 아닌 독시를 거리에서 잡아 타기로 했다.

HEY! 독시!

2

우리는 독시 개에게 팁으로 쿠키를 건네고, 사라지는 독시의 뒷모습을 지켜봤다.

바다 냄새가 풍기는 창고 거리인 자주복 길. 우리는 진짜 이세계나 외국에 가본 적이 없지만 이곳은 왠지 정겨우면서도 이국적인 분위기가 느껴지는 듯했다.

이제는 정말로 이세계에 가야 했다.

"앗! 고양이다!"

"응?"

갑자기 누가 우리 몸을 들어 올렸다. 누구냐, 이 인간은?

"아무래도 이 아이가 홈즈 같군, 냐트슨."

"아이네인가."

듣던 대로 금발에 눈빛이 신비로워 보이는 소년이었다.

"이야. 착한 녀석이네. 귀여워!"

냥즈는 이해하는 표정으로 아이네의 몸 이곳저곳을 꾹꾹 눌렀다.

애교를 부리는 것은 아니었다. 냥즈는 늘 이렇게 자신을 껴안는 인간을 관찰한다.

"저기요! 스즈감! 이 애들도 제 옆에 둬도 될까요?"

"네? ……네에?"

아이네의 질문을 받은 남자, 스즈감은 불쾌해하며 얼굴을 찌푸렸지만 아이네는 대답을 기다리지도 않고 문을 발로 차서 열더니 우리를 창고 안에 들였다.

"자, 드디어 이세계 여행이 시작되는군."

냥즈는 기뻐 보였지만 나는 불안해서 어쩔 줄 몰랐다.

추운 계절인데도 이세계는 무더운 열기에 휩싸여 있었다.

나는 아이네의 품에 안긴 채 겁먹은 상태에서도 주위를 관찰했다.

내가 상상한 것보다 더 많은 인간이 이곳저곳을 바쁘게 오갔다.

철컹철컹하고 금속이 맞부딪치는 듯한 소리가 들려서 누가 결투라도 벌이나 싶어 소리가 들린 쪽을 돌아보니 남자 두 명이 천 없는 우산 같은 것을 착 펼치고 쭉 뽑아서 세우고 있었다.

상징물일까? 남자들은 "다음 삼각!" "삼각은 저쪽!"처럼 수수께끼 같은 주문을 읊으며 또 다른 곳에 정체불명의 상징물을 설치하기 시작했다.

나무 상자 위에 앉은 남자는, 길쭉한 뿔이 하나 돋고 지직거리는 소리를 내는 검고 네모난 상자 같은 것과 대화를 나누고 있었다.

저건 분명 몬스터겠지.

"그쪽 오케이?" "이쪽은 괜찮아요." ……뭐가 괜찮다는 걸까?

웅? 저건! 아앗! 머리에 수건을 두른 흰 티셔츠의 근육질 남자가 우락부락하고 눈이 하나 달린 검은 몬스터와 놀고 있다! 저 남자가 아마도 마초 씨일 것이다.

"앗, 좋은 아침입니다!"

마초 씨를 비롯한 많은 인간이 아이네가 오자마자 일제히 고개를 숙였고 나는 긴장된 분위기를 수염으로 느꼈다.

흠. 아이네는 이곳 세계에서 꽤나 고고한 신분인 듯하군.

"……."

아이네는 대답하지 않고 공중에서 손을 두 번 접었다 폈다 했다.

이세계식 인사일까.

"조…… 좋은 아침입니다."

"……."

마른 장작처럼 홀쭉하고 움직임이 비실비실한 남자가 아이네에게 인사를 건넸지만 아이네는 이 남자에게는 손조차 흔들어주지 않았다.

"오늘은 정말 최선을 다해서 죽어 보일 테니 괜찮겠다 싶으면 와트슨으로 곁에……."

"문어! 착각하지 마!"

"히익!"

죽어 보인다고? 문어? 그렇다면 이 남자가 가네코! 다시 보니 이 얼마나 남자다운가! 예리한 눈빛! 높은 콧날, 얇은 입술!

"당신은 내 부록이야. 이곳에 있는 것만으로 감사하게 생각해. 내 파트너는 저 냐트슨과……."

아이네가 손가락으로 가리킨 곳에는 주인 품에 안긴 필립이 있었다.

우리는 가볍게 젤리를 들어 올리며 재회의 인사를 나눴다.

"이 고양이 두 마리로 충분하다고!"

우리는 그제야 간신히 땅에 내려갈 수 있었다. 가네코가 나와 냐즈를 왠지 슬프면서도 원통해 보이는 물기 어린 눈동자로 바라봤다.

그만해! 가네코의 그런 얼굴은 보고 싶지 않아!

"어라? 있었네, 아이네♪"

"앗, 이누야마 아저씨."

턱수염을 기른 멋진 백발의 중년 남자가 말을 걸자 아이네가 처음으로 누그러진 표정을 지었다.

아이네는 이누야마 앞에서 약해지는 걸까?

"아이네, 이 아저씨가 저 모래밭을 산책하다가 아주 예쁘고 반짝반짝한 걸 발견했지 뭐니. 우리 아이네가 예쁜 걸 아주 좋아한다는 걸 아저씨도 잘 알지. 아로마병에 넣어뒀으니 내가 죽는 데 잘 성공하면 선물해줄게. 뭔지 보면 깜짝 놀라서 아저씨 품에 와락 안길걸."

"……글쎄요. 제가 과연 이누야마 아저씨한테 안길까요?"

옆에 시중드는 여자를 데리고 다니는 모습을 보니 이누야마 역시 신분이 높아 보였다.

이 남자는 아이네에게 마음이 있는 걸까. 왠지 말로 구슬리는 것처럼 보이는데.

하지만 둘 다 남자잖아. 게다가 이 사람은 완전 아저씨고.

아이네조차 뒷걸음질 칠 만큼…… 응? 잠깐만.

"냥즈, 이누야마가 방금 '내가 죽는 데 성공하면'이라고 했는데 그게 무슨 뜻인가?"

"그 역시 오늘 죽을 운명 아닐까?"

딱 잘라 말하는 냥즈에게 나는 화가 치밀었다.

이 수컷은 감정이 메말라 보이지만 실은 메마르지 않았다. 생명의 위험을 느끼는 자가 있다면 그게 동물이든 인간이든 구분하지 않고 돕는다.

그런 고양이가 바로 나의 파트너 냥록 냥즈다.

그런데 이렇게 예측 가능한 죽음을 보고도 못 본 척하겠다는 건가?

"이런, 냐트슨. 그런 눈으로 보지 말게. 자네가 무슨 생각을 하는지 알지만 이곳은 이세계야. 그도 아무 일 없었다는 듯이 되살아나지 않을까?"

순간 '아, 그런가' 하고 납득할 뻔했지만 도통 이해되지 않았다.

아무리 되살아난다고 해도 살해되기는 싫기 마련이고, 목숨을 빼앗기는 모습을 옆에서 보면 분명 슬플 것이다.

내가 이상한 걸까.

"냐트슨, 자네는 정말로 인간미가 넘치는 고양이일세."

"제가 제대로 봤죠? 이렇게 얌전하잖아요."

우리는 창고 안의 작은 집에 끌려가 빗질을 받았다.

아이네의 시중을 드는 여자는 하리모토 부인만큼은 아니

지만 빗질에 제법 실력이 있었다.

"괜히 말려들게 해서 죄송합니다."

옆에서 똑같이 빗질을 당하는 필립이 면목 없어 하며 우리 쪽을 봤다.

"아이네 씨. 이 아이들, 목걸이를 한 반려묘들이네요. 허락 받지도 않고 괜찮을까요……? 앗!"

매섭게 노려보는 아이네의 눈빛을 보고 겁먹었는지 시중을 드는 여자가 곧장 입을 다물었다.

"내가 괜찮다고 하면 괜찮은 거야. 건방진 소리 하지 마."

"……죄송합니다."

딱하게도 여자는 고개를 푹 숙여버렸다.

아이네는 신사와는 거리가 먼 성격인 듯했다.

"아이네 씨…… 이제 슬슬."

어떤 남자가 조심스럽게 문을 두드리고 들어와서 말하자 아이네는 입맛을 다시고 우리에게만 들릴 목소리로 중얼거렸다.

"자, 이제 곧 공개 살인이 벌어질 거야. 우리 고양이들이 과연 견뎌낼 수 있을까?"

나와 필립은 공포를 느끼며 꼬리가 곤두섰지만 냥즈는 꼬리 끝을 천천히 좌우로 흔들기만 하고 여유로운 모습이었다.

"밖에서 관찰해보니 이 방에만 고양이용 현관이 있더군. 정말로 무서워서 못 버틸 것 같으면 그곳을 통해 나가서 도망치면 되네."

냥즈가 가볍게 도발하듯 말했지만 나는 반응하지 않고 꾹 참기로 했다.

"……아아."

이제는 정신이 나가버릴 것 같았다. 머릿속이 혼란스러워서 날뛰고 싶은 마음을 누그러뜨리기 위해 열심히 노력했다.

"자, 이제 시작할까요."

아이네가 향한 중간 크기의 집은 더욱 현실감이 없는 공간이었다.

겨울인데도 땀이 흐를 만큼 따뜻하고 태양이 집 안을 비추었다.

"응…… 흐읏……."

마초 씨가 괴물을 끌어안은 듯한 자세로 달콤하고 관능적인 숨결을 내쉬고 있었다.

그 광경을 지켜보는 건 솔직히 기분 좋은 일이 아니었다.

"……얌전히."

"……괜찮을까?"

나는 고양이 귀를 절반으로 딱 접고 있어서 인간들과 옆에 있는 냥즈가 무슨 말을 하는지 잘 들리지 않았다.

유일한 위안이라고는 이곳에서 A라고 불리는 가네코가 우리 앞에 서 있다는 점이었다.

"……자, 그럼."

아이네가 스즈감 쪽을 봤다.

스즈감은 입술을 살짝 내밀더니 고개를 연신 끄덕였다.

이제는 마음대로 하라는 듯한 표정이었다.

아이네는 가네코를 노려보더니 천천히 냥줄기가 얼어붙을 만한 오싹한 미소를 지어 보였다.

"죽어버려!"

"……?"

한쪽 팔에 필립을 안은 아이네가 다른 쪽 손에 든 권총을 가네코에게 향했다.

"안 돼! 날 용서해줘! 죽고 싶지 않아!"

이것이 바로 죽음을 눈앞에 둔 인간의 공포인가! 가네코는 안짱다리 자세로 눈물 콧물 범벅이 되어 침을 질질 흘리며 몸을 벌벌 떨었다.

"……흥. 기껏해야 A인 주제에…… 죽어!"

"안 돼애애!"

나는 나도 모르게 가네코를 구하려고 양쪽 젤리를 펼친 채 가네코 앞으로 뛰쳐나갔지만 몸이 너무 작아서 그를 지킬 수 없었다.

가네코의 가슴에서 피가 뿜어져 나왔다.

"죽고 싶지…… 않아."

가네코는 입에서 피를 토하며 무릎을 꿇고 하얀 옷을 새빨갛게 물들이고는 바닥에 머리를 조아리듯 쓰러졌다.

"가……."

더는 감정을 억누를 수 없었다.

"가네코오오오오오! 구해주지 못해서 미안해애애애애!"

나도 가네코와 똑같이 무릎을 꿇고 쓰러진 채로 의식을 잃었다.

"어휴! 이제야 눈을 뜨셨군요!"

"……으응?"

눈을 뜬 곳은 작은 집의 탁자 위였다.

모두가 나를 바라보고 있었다. 냐즈, 필립, 아이네, 마초 씨, 그리고 가네코…… 가네코?

"살아 있었어? 가네코! 오오, 가네코! 얼굴 좀 보여줘 봐!"

"으앗. 야옹야옹 시끄럽네. 뭐야?"

나는 양쪽 젤리로 가네코의 손을 꼭 잡고 좁은 이마를 갖다 붙여 문질렀다.

흠집 하나 없는 새하얀 옷. 표정도 편안했다. 대체 어떻게 된 걸까? 아아, 그래…… 이곳은 이세계구나.

역시 가네코는 이곳에서 불사신이었나.

냥즈가 내 어깨를 툭 두드렸다. 평소에는 보기 드문 곤란해하는 표정이었다.

"이거 미안하네. 모든 걸 다 보고 나서 설명하는 게 낫겠다고 판단했는데 자네가 이렇게까지 마음 약한 고양이일 줄이야……. 자, 필립 씨도 들어주십시오. 이곳은 말이지, 이세계 같은 곳이 아니야. '드라마' 촬영 현장이라는 곳일세."

"이세계가 아니다? 드라마?"

"드라마라는 건 말이지. 자네도 TV는 본 적 있지 않나? 거기서 나오는 것이 드라마. 바로 '거짓의 연극'이지."

"……거짓의 연극!"

뭐가 어떻게 된 걸까? 거짓의 연극이라고? 그렇다면 모든 것을 설명할 수 있다. 거짓의 이름, 거짓의 죽음…….

"네? 하지만 거기에 어떤 의미가 있는 건가요?"

필립이 고양이로서 당연히 품을 의문을 냥즈에게 던졌다.

연극은 고양이 세계에도 있지만 전부 거짓이 아닌 실화다. 그 질문에는 냥즈도 수염을 움찔거렸다.

"……저도 아직 많은 것들을 연구 중입니다. 그리고 저길 보게. 저건 캬메라라고 부르더군. 아, 저건 라이트."

냥즈가 젤리로 가리킨 것은 마초 씨, 아니 그 옆에 있는 검은 괴물이었다.

저 눈이 하나 달린 괴물의 이름이 캬메라였나.

그리고 방 안을 비추는 태양의 이름은 라이트. 멋들어진 이름 아닌가.

"저 캬메라로 영상을 찍고 그걸 다시 TV에 비추는 걸세."

"……뭐라고?"

"……으응?"

나와 필립은 이해가 너무 느려서 자동으로 2분 남짓 서로를 마주 봤다.

"그러니까 내가 설명을 망설인 거야! 나도 TV의 구조를 완벽하게 이해하는 건 아닐세. 이것도 연구 중이지."

"!"

냥즈가 되레 화를 내서 필립이 겁을 집어먹고 말았다.

이제 내가 나설 차례였다.

"진정하게, 냥즈. 우리가 이해할 수 있는 부분만 정리해주면 충분하네."

"……응? 으흠! 이런, 흐트러진 모습을 보였군요. 아무튼 이곳은 이세계 같은 곳이 아닙니다. 중간 크기 집은 촬영을 위한 '세트장'이라 불리는 곳이고, 이 작은 집은 배우와 스태프가 촬영을 준비하거나 휴식을 취하는 '대기실'이겠지요. 이름이 많은 이유는 본명과 극 중 이름이 뒤섞여서입니다. 세트장에서 불리는 이름이 아마도 극 중 이름일 거예요."

"아…… 그럼 냐트슨이라는 제 이름도?"

"극 중 이름이겠지요. 당신은 홈즈의 파트너, 즉 냐트슨 역할로 선택된 겁니다."

"극 중 이름이라……."

"냥즈. 그럼 가네코는 뭐지? 가네코가 본명이라면 A, 문어, 그리고 와트슨……."

"처음에는 와트슨이라고 불리지 않았나. 내가 추리하기에 아마도 역할이 바뀐 게 아닐까 싶네. 와트슨…… 냐트슨과 꼭 닮은 이름이지. 필립 씨가 냐트슨이 되자 와트슨은 필요 없어져서……."

"살해당하는 A라는 역할을 맡게 되었다. 하지만 그건 너무 하지 않나?"

"······제가 가네코에게 나쁜 짓을 한 걸까요."

"당신이 풀 죽을 필요는 없습니다. 이곳에서 권력이 센 사람은 아이네와 이누야마지요. 아마도 아이네에게 극 중 역할의 선택권이 있는 게 아닐까요?"

"냥즈. 자네는 언제부터 이것들을 눈치채고 있었나?"

"그야 죽은 인간이 여러 번 되살아났다고 들었을 때부터 깨달았네. 아니, 셜록 홈즈라는 이름을 처음 들었을 때부터라고 해야겠군. 자네는 모를 테지만 그는 유명한 인물일세. 홈즈 선생과 와트슨의 모험 이야기······. 왠지 자네랑 나와 비슷하지 않나?"

"냥즈와 홈즈, 냐트슨과 와트슨······. 과연, 그렇군!"

"홈즈는 참으로 신비로운 남자일세. 실제로 존재하지 않았을까 생각될 정도지. 나와 이름이 꼭 닮았는데, 실존한다면 친구로 삼아보고 싶기도 해."

나는 냥즈가 이런 말을 하는 건 처음 들었다.

실존하든 실존하지 않든 홈즈라는 남자가 매력적이라는 뜻일 것이다.

그야말로 가네코처럼······. 응? 그러고 보니 가네코가 어느새 자취를 감췄다.

"가네코는?"

"두 마리께서 대화를 나누는 동안 방을 나갔습니다. 아마 옆방에 있는 이누야마에게 불려 간 것 같습니다."

"……이누야마에게?"

아이네를 비롯한 인간들이 웅성거리고 있었다.

"역할 이름도 없는 A 주제에 자꾸 주제넘게 나서니까 그렇지. 저 비실비실한 문어 자식! 자, 아무튼 고양이도 기운을 차린 듯하니 난 내 대기실로 돌아갈래. 이곳은 사람이 너무 많아서 냄새도 나고 불쾌해. 이누야마 씨 대기실 앞을 지나야겠네. 어휴, 그 변태 중년. 하여튼 어리면 누구든 다 꼬시려고 한다니까. 나는 중년 따위 취향도 아닌데."

아이네는 순식간에 분위기를 싸하게 만들고 대기실에서 나갔다.

그러나 나는 나도 모르게 뭔가가 떠올라 후훗 웃음을 터뜨리고 말았다.

살해당할 뻔했을 때 가네코가 보인 그 움직임! 문어를 꼭 닮기는 했어.

"냥즈, 문어라는 건 그의 별명일까?"

"그렇겠지. 그래도 박진감이 대단하지 않았나?"

"어, 그렇더군."

그때 가네코의 얼굴은 정말 곧 살해될 남자의 얼굴이었다.

그게 거짓 연기였을 줄이야. 역시 가네코는 무시무시한 남자다.

응? 스태프들이 조용히 뭔가를 속닥거리고 있었다.

나는 가만히 고양이 귀를 기울였다.

— 이누야마 씨의 설교 타임인가?

— 그렇겠지. 근데 이건 질투야. 생트집. 가네코 씨의 연기력이 워낙 뛰어나잖아. 이누야마 씨는 초조하겠지. 이러다가 가네코 씨에게 밀리는 게 아닐까 하고.

— 솔직히 말해 아이네 씨도 마찬가지지?

— 어차피 판에 박은 아이돌 연기야. 아역부터 거쳐 온 가네코 씨에게는 이길 수 없어.

— 아이네는 가네코 씨를 자기 대타라고 말하지만 실제로는…….

— 이봐, 존칭 없이 아이네라고 부르면 어떡해. 뭐 괜찮으려나. 그런데 가네코 씨도 참 운이 없네. 늘 주역에게 미움받아서 좋은 역할을 못 맡게 되잖아. 나이가 곧 서른인데 대표작도 없고.

— 이번에도 역시 안 되려나?

— 적어도 원래 하려던 와트슨 역할만 가져올 수 있다면 좋을 텐데. 역할 이름도 없는 A는 너무하잖아. 스즈감이 확실

히 좀 말해주지.

"……."

뭐가 뭔지 모르겠지만 아무튼 가네코는 대단한 듯했다.

너무 대단하니까 주변에서 배척하고 거리를 두는 것이다.

"예전의 나처럼."

냥즈가 또 내 마음을 읽은 것처럼 말했다. 나도 분명 만난 지 얼마 안 됐을 때는 냥즈가 너무 대단해서 거리를 두려고 했었다.

냥즈 스스로 벽을 치기도 했다.

"하지만 지금 가네코 씨와 나 사이에는 큰 차이가 있지. 바로 나에게는 함께 불속에 뛰어들어줄 파트너가 있다는 사실. 그건 자네가 상상하는 것보다 더 중요하네. 가네코에게도 그런 파트너가 나타나주면 좋으련만. 남자든 여자든 상관없이."

"응."

그 불속에 뛰어들어줄 파트너가 나를 뜻하는지는 모르겠지만, 아무튼 나도 가네코에게 신뢰할 수 있는 파트너가 생기기를 기원했다.

"앗……."

— 자네 지금 뭐 하는 거야? 우리는 중요한 이야기 중이라고!

"죄, 죄…… 죄송합니다!"

— 어디까지 했지? 음, 젠장! 여하튼 주제넘게 나서지 말라는 소리야. 이제 그만 가도 돼!

마초 씨는 조금 전부터 지루한 듯 이누야마의 대기실과 스태프들의 대기실을 구분 짓는 벽에다 대고 한쪽 팔로 팔굽혀펴기를 하고 있었다.

마초 씨의 힘과 몸무게에 밀렸는지 벽이 투둑 소리를 내며 아주 조금 비틀어졌다.

그 소리에 깜짝 놀란 모습을 보인 것이 부끄러웠을 것이다. 이누야마가 투덜거리면서 스태프 대기실에 들어왔다.

"아아, 자네, 정말 넌더리가 나는군. 아이네 씨의 대기실에서도 그러다가 한 소리 들은 지 얼마 안 되지 않았나? 아무튼 대기실은 바쁘게 지은 탓에 허술할 수밖에 없어. 나중에 고치기는 할 텐데 그래도 이제는 그만해주겠어?"

"……네. 죄송합니다."

우리의 가네코가 돌아왔다.

"아뇨, 전 덕분에 도움을 받았습니다, 마초 씨. 설교가 끝날 계기를 만들어주셔서 감사합니다."

가네코는 작은 소리로 마초 씨에게 속삭였다.

"아…… 네. ……헤헤."

마초 씨는 얼굴이 벌게져서 고개를 푹 숙였다. 뜻밖에도 부끄러움을 많이 타는 듯했다.

실수를 저지른 인간을 비난하지 않는 모습이 역시 가네코다웠다.

3

이세계의 비밀도 알아냈으니 우리는 슬슬 돌아갈 채비를 하고 창고 출구로 갔다.

뭐든지 제멋대로인 아이네와 이누야마를 상대하는 건 더는 사절이었다.

이제 이곳에는 볼일이 없었다. 그렇다면 기왕 가는 김에 필립도 함께 데려가자는 이야기가 나왔다.

"괜찮을까요?"

"주인이 신경 쓰여서 그렇습니까?"

"아뇨……. 그쪽은 별로 신경 쓰이지 않지만, 드라마가 괜찮을까요? 우리에게는 일단 역할이 있어서……."

"없으면 또 없는 대로 아이네가 배역과 줄거리를 만들어내겠지요. 셜록 홈즈는 되도록 원작에 충실히 연기해주기를 바랄 뿐입니다."

우리가 사라지면 기존 배역과 이야기가 되돌아와 가네코도 A에서 와트슨으로 돌아갈 수 있을지도 몰랐다.

"그럼 이만……."

"이누야마 씨!"

"꺄아!"

여자의 비명 같은 것이 들렸다. 순간 연기인 줄 알았는데 극 중 이름이 아닌 이누야마라고 부른 것을 보니 연기가 아닌 듯했다.

"냐트슨!"

"웅!"

사건의 예감이 들었다. 나는 어쩔 줄 몰라 당황하는 필립에게 오른쪽 젤리를 내밀어 주인에게 돌아가라고 지시했다.

나도 고양이 탐정의 조수로서 이제는 성장했다.

비명이 들린 곳은 이누야마의 대기실 문 앞이었다.

비명을 지른 장본인으로 보이는 여자가 양손으로 입을 틀어막고 몸을 덜덜 떨고 있었다.

그녀의 시선 끝에 있는 사람은 납죽 엎드린 채 숨이 끊어질락 말락 하는 이누야마였다.

"뭐야? 무슨 일이야!"

"뭐죠!"

"매니저! 어떻게 된 거예요?"

아우성을 듣고 사람들이 모였다. 아이네, 가네코, 마초 씨도 있었다.

"이누야마 씨가 역할에 몰두하고 싶으니 혼자 있게 해달라고 해서…… 혼자 두고 나왔는데 갑자기 문을 잠갔고…… 그 뒤로 갑자기 문을 열고 뛰쳐나와서, 이렇게!"

매니저라고 불린 여자는 발을 동동 굴렀다.

겁먹으면 화를 내는 타입의 인간으로 보였다.

"어쨌든! 구급차를…… 앗! 죄송합니다!"

가네코가 주머니에서 스마트폰을 꺼냈지만 갈팡질팡하느라 떨어뜨리고 말았다.

그것이 땅에서 튀어 이누야마의 이마에 부딪쳤다.

"악!"

"까앗!"

이누야마가 더욱 창백해진 낯빛으로 두꺼운 팔을 뻗어 가네코의 가는 팔을 붙들었다.

엄청나게 분노했다! 스마트폰을 떨어뜨렸을 뿐인데!

그러더니 이누야마는 배 속에서 쥐어짜내는 듯한 낮고 걸걸한 목소리로 "얼룩…… 얼룩 끈…… 문어 자식…… 으아" 하더니 정신을 잃고 쓰러졌고, 그 순간 냥즈가 눈에도 보이지 않을 속도로 이누야마에게 달려가 그의 팔을 할퀴었다.

순식간에 피부가 훅 찢기더니 이누야마의 팔에서 핏방울이 뚝뚝 떨어졌다.

"이 고양이 녀석! 지금이 장난칠 때냐!"

마초 씨가 서둘러 머리에서 수건을 풀더니 이누야마의 상처 부위에 수건을 갖다 대고 꽉 조였다.

"이 살인마!"

"네?"

아이네가 가네코를 가리키며 그렇게 외쳤다.

"살인마라니…… 제가요?"

"문어라고 했으니 당신밖에 없잖아! 뭐야? 이누야마 씨에게 한 소리 듣고 화나서 복수한 거야? 그때 음료에 독이라도 탔어? 정말 큰일 낼 사람이네! 난 돌아갈래!"

아이네가 창고에서 나가려고 했지만 몇 명이 옆에 가서 "지금 당장 경찰과 구급차를 부르겠습니다" 하고 달래자 다시 포기하고 돌아왔다.

"그럼 난 대기실로 돌아갈래! 아무도 들어오지 마!"

아이네는 그렇게 말하고 자기 대기실로 들어가 문을 걸어 잠그고 안에 틀어박혀버렸다.

"냥즈. 이게 어떻게 된 일인가?"

"응? 내가 이누야마를 할퀸 건 언급하지 않는 건가?"

"그건 나중에 묻도록 하지. 고양이 신사인 자네가 벌인 일이야. 합당한 이유가 있지 않겠나?"

"오, 나도 신뢰받고 있군! 그렇게 쉽게 믿어버리니 오히려 자네 앞날이 걱정되는데?"

냥즈의 얼굴은 비난하는 것처럼 보였지만, 당장에라도 위로 번쩍 솟구칠 듯한 꼬리를 필사적으로 제어하듯 달달 떠는 것을 보니 내심 기뻐하는 것만은 명백했다.

고양이도 신뢰받으면 기뻐한다.

"아이네도 참 멍청하군! 굳이 가장 위험한 대기실로 도망칠 줄이야! 자, 구해주러 가야겠어!"

냥즈는 이미 이번 사건의 진상을 꿰뚫어 본 듯했다.

"아이네의 대기실에는 고양이용 현관이 있었지. 함께 가도 되겠나?"

내가 그렇게 묻자 냥즈는 뭐가 망설여지는지 움직이지 않았다.

그리고 작은 소리로 이렇게 말했다.

"이번만큼은 자네를 데려가도 될지 망설여지네. 위험한 상황이 펼쳐질 게 분명해서."

"내가 방해되나?"

"물론 따라와준다면야 그보다 더 도움될 건 없겠지!"

"그럼 당연히 따라가야지."

"참으로 고맙네. 그렇다면 목걸이를 풀게. 그걸 채찍 대용으로 무기 삼아 쓰지."

그렇게 정해졌다.

🐾 🐾

"싫어어어엇!"

대기실에 뛰어든 그 순간, 아이네가 여자아이처럼 고양이 귀청을 찢을 기세로 비명을 내질렀다.

대기실 밖에서는 "뭐야?" "무슨 일이지?" 하고 수군거리는 소리가 들렸다.

"다들 물러서주세요."

이건 가네코의 목소리다. 대체 뭘 할 생각일까?

"냐트슨! 저걸 보게!"

냥즈의 목걸이 채찍이 가리키는 쪽을 보니 그곳에는 얼룩 끈이 있었다.

꽃병 주둥이에서 꽃에 섞여 잘 보이지 않는 길고 으스스한 얼룩 끈이 천장을 향해 슬금슬금 올라갔다.

나는 파란색, 보라색, 푸르스름한 붉은색으로도 보이는 그 얼룩 끈의 아름다운 모습에 홀려버렸다.

"일어나! 얼른 일어나서 도망쳐야 해! 이런, 틀렸나!"

냥즈는 쓰러진 아이네의 볼을 젤리로 여러 번 찰싹거렸지만 아이네는 눈을 뜨지 않았다.

아이네도 저 얼룩 끈에 살해돼버린 걸까? 저 끈은 뭐지? 꼭 의지를 지닌 것처럼 하늘하늘 꿈틀꿈틀…….

"앗! 으냐냐냐냐?"

자세히 보니 내가 얼룩 끈이라고 생각한 것은 실은 '얼룩 무늬 다리를 지닌 문어'였다.

꽃병에서 나온 문어가 나를 향해 꿈틀꿈틀 기어왔다.

그때였다. "쿵!" 하는 요란한 소리가 들리는가 싶더니 대기실 문이 열리고 가네코를 선두로 인간들이 방 안에 우르르 들어왔다.

"가네코, 대단해!"

"무아이타이를 수련했거든요. 아이네 씨!"

나를 향해 다가오던 문어가 위험을 느꼈는지 움직임을 뚝 멈췄다.

"지금이다!"

휘이익!

냥즈의 목걸이 채찍이 천둥 같은 소리를 울리며 문어의 머리에 내리꽂혔다!

문어는 기절했는지 몸이 축 늘어지더니 마치 물웅덩이 같은 모습이 되었다.

"휴, 다 자네가 이 녀석의 시선을 끌어준 덕일세. 아이네도 괜찮아 보이고 한숨 돌렸군."

"다 끝났나…… 냥즈? 앗! 수컷끼리 저게 무슨 짓인가!"

가네코가 아이네에게 입을 맞추면서 가슴을 연신 강하게 누르고 있었다.

"인공호흡과 심장마사지일세."

"응……? 뭐 하는 거야! 이 젠장맞을 문어 자식!"

"으헉!"

눈을 뜬 아이네가 가네코의 뺨을 철썩 때렸다.

"키…… 키스라니, 키스라니…… 가슴도 만지고…… 우으."

아이네는 얼굴이 새빨개졌지만 괜찮아 보였다.

다행이다. 살아 있었구나.

오늘 몇 번이나 하는 말이지만, 역시 가네코다!

"냐트슨, 난 아이네 씨가 기절했다는 건 알고 있었네. 문어의 입은 몸 아래쪽에 있지. 그런데 우리가 대기실에 들어왔을 때 문어는 꽃병에서 다리만 튀어나와 있었어. 아이네가 물린 건 아니었던 거야. 하지만 이누야마는 이 문어에게 물리고 독까지 쏘였네. 자, 냐트슨. 평소에는 거의 보기 어려운 파란고리문어이니 이번 기회에 똑똑히 봐두게. 바로 이놈이 사건을 저지른 범인, 아니 범문어일세."

"……파란고리문어?"

"그래. 강력한 독을 지녔지. 이누야마가 모래밭에서 주운 예쁜 것이란 바로 이 녀석을 뜻했네. 병에 넣었다고? 웃기는 소리. 문어는 병뚜껑 정도는 안쪽에서 쉽게 열 수 있어. 이누야마를 공격한 문어는 이후 작은 틈새를 지나 아이네의 방으로……."

"기다리게, 냐즈. 이 방은 밀실이잖나. 문어가 들어올 틈새 같은 건……."

"있지. 바로 마초 씨가 만든 이 틈새!"

분명 틈새가 생긴 건 맞지만 펜 한 자루, 젤리 한쪽 집어넣을 수 없을 정도로 몹시 비좁은 틈새다.

"이렇게나 좁은데?"

"문어의 유연성을 무시하면 안 되네. 이렇게 좁은 틈새로도 온몸이 빠져나올 수 있어."

"오, 그런데 자네는 언제 문어에 대해 눈치챘나?"

"이보게, 냐트슨! 이누야마가 말했잖나. '문어 자식'이라고."

"아아."

그건 가네코가 아닌 실제 문어를 지칭한 것이었나.

"이누야마는 무사할 수 있을까?"

"나는 할 수 있는 건 다 했네. 이제는 의사에게 맡겨야겠지. 응? 밖이 소란스러워졌군."

삐뽀냐옹 하는 구급차 사이렌 소리가 점차 가까워졌다.

나는 그 소리를 듣고 '아아, 드디어 끝났구나' 하는 생각이 들어 온몸의 힘이 쭉 빠졌다.

마치 눈앞의 문어처럼.

"대단한 이세계 견학이었네. 돌아가지. 부인이 있는 곳으로."

"그래."

우리는 사이렌 소리가 멈추고 창고에 우르르 들어온 남자들을 곁눈질하며 창고를 나갔다.

"앗."

"왜 그러나?"

"목걸이를 두고 왔군."

"바보. 깜빡했나?"

그러나 다시 찾으러 갈 마음은 들지 않았다.

이세계는 이제 사절이다.

4

'셜록 홈즈의 편지'

용기 있는 두 마리의 고양이 씨, 안녕하신가.

둘 중 누군가가 떨어뜨린 목걸이에 주소가 적혀 있어서 이렇게 편지를 쓰네.

자네들은 이미 눈치챘으려나? 범인은 맹독성 문어였고……

~중략~

의도한 건지 아닌지…… 아니, 자네는 왠지 의도했을 듯하군.

자네가 이누야마 씨의 팔을 할퀴어 상처를 입히자 마초 씨가 상처를 수건으로 꽉 동여맸고, 덕분에 파란고리문어의 독이 온몸에 퍼지지 않아 이누야마 씨는 목숨을 건질 수 있었네.

자네는 정말 대단한 고양이야.

셜록 홈즈에 버금가는…… 냥록 냥즈라고 해야 하려나?

그렇다면 또 한 마리는 냐트슨?

덕분에 셜록 홈즈 촬영을 무사히 다시 이어갈 수 있게 되었네.

로일롯, 그러니까 이누아마 씨 역할은 역시 대타가 나섰지만.

……이런, 죄송합니다! 무슨 말인지 모르시겠죠?

(여기서부터 편지를 쓴 사람이 홈즈 역할에 너무 몰두한 나머지 고양이 주인이 무슨 말을 하는지 전혀 모르겠다는 걸 깨닫고 상황을 다시 설명했다.)

~중략~

(셜록 홈즈, 즉 '가네코 쇼고'가 말한다.)

설마 와트슨 역할을 다시 맡게 되는 것을 넘어 홈즈 역할을 맡게 될 줄은 꿈에도 몰랐습니다.

아이네 씨가 스즈감, 아니, '스즈키 감독'에게 저를 홈즈 역할로 추천했을 때는 속으로 정말 그래도 될지 싶어 의아했죠.

놀라기는 했지만 이 드라마의 주인공 역할은, 이제 곧 삼십 줄에 접어드는 제게 마지막으로 찾아온 기회.

반드시 이 기회를 살리고야 말겠습니다! ……그런데 참 이상하죠. 아이네 씨는 그날 이후 저와 얼굴을 마주할 때마다 얼굴이 빨개져서……. 제가 무슨 짓을 저지른 걸까요? 참, 그리고 다른 편지지에 아이네 씨와 제 연락처를 적어서 동봉했습니다.

아이네 씨가 그 고양이들을 다시 만나고 싶다고 하시니 꼭 연락 부탁드려요.

고양이 두 마리를 데리고 드라마 뒤풀이 자리에 오시지 않겠어요? 반려동물도 들어갈 수 있는 가게로 예약해두겠습니다.

🐾 🐾

부인은 편지를 다 읽고 웬일인지 편지지를 여러 번 공중에 비춰 확인했다.

뭘 해도 편지지는 편지지다.

"가네코 쇼고와 남장 아이돌 밴드 Fortsetzung folgt의 보컬 아이네의 연락처라니, 말도 안 돼. 앗! 이 녀석, 이 녀석!"

나는 리드 줄을 잡아당겼다. 나는 인간이 아닌 고양이다.

이미 며칠도 더 지난 사건의 뒷이야기보다 지금은 산책을 향한 욕구가 훨씬 강했다.

자, 산책이다! 부인이 가지 않을 거면 우리 둘이서라도 가자! 냥즈, 동의하지?

"Fortsetzung folgt…… 독일어로 '다음에 또 만나요'인가. 멋진 이름이군. 우리 함께 드라마 셜록 홈즈의 속편을 기원하지. 자, 가세!"

냥즈도 지금은 머릿속이 산책으로 가득한지 힘차게 젤리를 내디뎠다.

"오케이!"

"아얏! 잠깐만!"

나와 냥즈는 뛰쳐나갔다. 부인도 우리에게 끌려오듯 앞으로 고꾸라질 뻔하더니 조금씩 뛰기 시작했다.

한기 속에서 봄기운이 느껴지는 바람이 수염을 흔들어 기분이 상쾌했다.

― 셜록 홈즈. 연속 드라마화, 축하합니다.

― 감사합니다.

고양이 달이 뜬 밤, 가게 문을 닫는 전파사 TV에서 귀에 익은 목소리가 들렸다.

― 젊고 잘생긴 가네코 씨의 홈즈와 미소년, 미소녀 양쪽 매력을 겸비한 아이네 씨 콤비가 폭넓은 시청자층에 통해서 미케 방송국 이번 분기 드라마 중 최고 시청률인 27.8퍼센트를 기록했습니다. 지금은 죽이 척척 맞는 명콤비지만 사적으로도 사이가 좋으신가요?

― 음…… 실은…… 우왓!

― 물론입니다! 전 처음부터 가네코 씨의 연기가 대단하다

고 생각했고 주인공은 이분밖에 없다고 스즈키 감독님과 직접 담판을…….

— 아, 네……. 저도 아이네 씨의 연기가 훌륭하다고 생각합니다. 네.

— 과연! 두 분이 서로를 존경하시는 걸 보니 진정한 홈즈와 와트슨 명콤비가 탄생했군요!

아무래도 좋다냥.

"……응? 으으응?"

부인은 베란다로 나가 검지를 쏙 핥더니 세웠다.

뭐 하는 거지?

"따뜻해졌네! 바람이 미지근해! 괜찮겠어! 자 그럼, 봉인 해제!"

"오옷."

부인은 엉뚱하게도 바지를 훌렁 벗고 양말에 팬티 차림으로 쿠션에 드러누웠다.

팬티 차림이 가능할지 아닐지를 기온으로 확인한 걸까. 이곳에 와서 벌써 1년 가까이 흘렀지만 정말로 이 하리모토 시노부라는 인간은 질리지 않는다.

어쩌면 고양이보다 더 고양이 같은 인간일지 모른다.

"냐트슨, 봄이 오면 이 집에서는 활짝 핀 벚꽃이 보이네. 저것 보게. 벌써 꽃봉오리가 살짝 열리지 않았나. 벚꽃이 피면 가다랑어 언덕 공원에 마타타비* 담금주라도 가져가서 꽃놀이를 할까?"

냥즈가 말했다. 그렇군. 한가롭게 꽃놀이라.

나쁘지는 않겠지만 불안한 게 하나 있다.

"우리가 한가롭게 벚꽃을 볼 시간이 있을까? 이 마을 동물들은 모두 자네에게 의지하고 있는데."

"요즘은 수수께끼를 통한 자극을 찾기보다 고양이답게 한가롭고 느긋하게 지내고 싶은 마음이 크네."

"이보게, 이보게. 벌써 나이를 먹었나."

"나도 알고 있네. 어차피 주변에서 허락해주지 않겠지."

"그래도 요즘은 사건도 없고 당분간 쉬는 것도 나쁘지 않을…… 수는 없겠군."

투다다다 하고 케이브가 달려오는 소리가 들린다.

서두르는 걸 보니 사건이 일어났을 것이다.

"냥즈 씨! 냐트슨 씨! 사건입니다!"

이제는 거의 규칙이 돼버린 케이브의 헤드슬라이딩 입실.

---

* 일본어로 개다래나무를 뜻하는 말, 특정 성분 때문에 고양이가 몹시 좋아한다.

나는 이제 볼썽사납게 놀라지도, 나자빠지지도 않는다.

어느덧 어엿한 고양이 신사가 된 것이다.

"큰일 났습니다! 용입니다! 용이 나타났습니다! 고양이가 검은 용에게 잡아먹혔습니다!"

"뭐라고냥?"

나는 너무 놀란 나머지 벌떡 일어섰다가 그대로 뒤로 쿵 넘어지고 말았다.

용! 그런 게 존재한다고?

"고양이와 용…… 흥미로운 조합이군요."

냥즈가 파이프를 입에 물었다. 눈동자가 반짝반짝 빛나고 있다.

수수께끼에 눈빛을 번득이고, 장난감 파이프를 입에 문다. 역시 냥록 냥즈는 이래야지.

"이야기를 들어보도록 하죠."

자, 냥록 냥즈와 검은 용 이야기는 다음번 고양이 달이 뜬 날 밤에 그 공원에서 하도록 하지.

그때까지 조금만 기다려주게나.

냥록 냥즈의 이야기꾼 냐트슨이 사랑을 담아.

고양이 씨에게 바친다

후기에서는 고양이 이야기를 해냐, 아니 해야 할 것이다.

우선 내 가장 오래된 고양이에 대한 기억에 관해서다.

내가 다섯 살 무렵이었을까?

우리 부모님은 고양이를 싫어하신다.

고양이를 보면 "이놈의 고양이!" 하고 화를 내신다.

우리 집까지 졸졸 따라온 고양이도 어머니는 "이놈의 고양이!" 하고 화를 내며 쫓아버리셨다.

아이들의 아지트였던 처마 밑에 터를 잡은 '고양이'라는 이름의 고양이였다.

나의 첫 고양이 친구였고 아마 일주일 정도 함께 놀았을 것이다.

'고양이'는 내게 아주 좋은 고양이였다.

내가 신발 속에 개구리가 있는 것을 알아채지 못해 밟아

죽이고 엉엉 울었을 때.

BB탄을 잘못 집어삼켜서 나는 이제 죽을 거라며 꺼이꺼이 울었을 때.

아지트에서 친구들에게 따돌림을 당하고 울면서 미끄럼틀에 모래를 계속 집어 던졌을 때도 고양이는 내 오른편에서 허공을 바라보며 이따금 야옹 하고 울어주었다.

고양이에게도 나는 좋은 인간이었을 것이다.

항상 물 마시는 곳 수도꼭지를 조금 풀어놓아서 물을 마실 수 있게 해주었고, 막과자집에서 산 과자를 나눠 먹었으며, 원한다면 마음껏 쓰다듬어주었다.

즉 우리 관계는 원만했다.

그런데도 어머니에게 욕을 들은 이후 고양이는 아지트에 더는 찾아오지 않게 되었다.

고양이는 오랫동안 내 유일한 고양이 친구였다.

고양이와 작별하고 20여 년이 지난 그날까지.

그럼 이제 부끄럽지만 두 번째 고양이 친구 이야기를 해보도록 하겠다.

읽기 전에 약속해주었으면 한다.

나를 거짓말쟁이라고 부르지 않겠다고.

소설의 소재를 궁리하던 나는 어느 날 농로를 걷다가 멀리 추수가 끝나 휑한 논에서 두 다리로 서 있는 삼색 털 고양이와 눈이 마주쳤다(아아, 여기서 독자들은 벌써 이 후기를 읽지 않고 책을 덮을지도 모르겠다).

고양이는 아장아장 걸어와 내 앞에 멈춰 서더니 이렇게 말했다.

"고양이 소설이 좋겠다"라고.

《냥록 냥즈》가 탄생한 순간이었다.

그날 이후 고양이, 즉 고양이 씨는 하루걸러 내가 사는 집에 찾아오는가 싶더니 어느 날부터는 1년 이상 얼굴을 비치지 않기도 했다.

마을에서 눈을 마주쳐도 무시하는가 하면 어느 날에는 내가 사는 집 탁상 난로 안에 있을 때도 있었다.

다섯 살 때 만난 고양이와는 달리 다 큰 고양이와 다 큰 어른의 절묘한 거리감을 지닌 절묘한 관계였다.

그런 상황이 몇 년 이어지던 어느 날, 나는 집에 있는 밸런스볼에 앉아 꼼짝도 하지 않는 고양이 씨에게 용기 내어 소식을 알렸다.

"고양이 소설을 책으로 내보지 않겠냐는 제안을 받았어."

"오, 대단하구냥."

《냥록 냥즈》는 고양이 씨의 아이디어에서 힌트를 얻어 쓴 소설이다.

그의 허락 없이는 출판할 수 없었다.

"출판사는 어디지?"

"다카라지마 출판사."

"오오! 닭고기지마 출판사! 멋진 이름이군. 괜찮지 않냥?"

내 발음이 좋지 않았던 걸까?

그로부터 한 달이 흘렀다.

"그런데 말이지, 고양이 씨. 정말 괜찮을까?"

"자네도 참 끈질기군."

고양이 씨는 어차피 말해봐야 아무도 믿지 않을 거라 했지만, 《냥록 냥즈》는 나와 고양이 씨가 함께 쓴 작품이다.

나 혼자 썼다고 하는 것은 거짓말이나 다름없다.

관계자와 독자를 속이는 것 같아서 마음이 편치 않았다.

"다카라지마 출판사에서는 거짓말은 전쟁의 시작이라고 했어."

"닭고기지마 출판사가 뭐라고 했다고?"

말이 통하지 않는다.

"그럼 적어도 부모님께만이라도 진실을……."

"'이놈의 고양이!'라는 말만 듣고 끝날 텐데. 그래도 괜찮겠나?"

고양이 씨는 창문으로 폴짝 뛰어올라 문을 열더니 싱긋 웃었다.

"자네는 열심히 했어. 자네가 기쁘면 나도 기쁘지. 책으로 내는 게 정해지자 자네가 워낙 들떠 보여서 이미 다 들통났네. 난 그걸로 충분해."

고양이 씨는 좋은 고양이였다.

"가는 거야? 이제는 또 언제 다시 만날 수 있어?"

"글쎄. 긴 모험이 될지 모르고, 그러지 않을 수도 있겠지. 다만 힘들고 외로울 때는 야옹 하고 울도록. 우리 히짱이 힘들면 언제든 달려오겠다고 약속하지. 그럼 이만!"

고양이 씨는 창문 밖으로 점프했다.

나는 창문에서 상반신을 내밀어 농로를 뛰어가는 고양이 씨의 뒷모습을 눈으로 쫓았다.

그로부터 모월 모일 현재까지.

고양이 씨와는 한 번도 만나지 못했다.

"응?"

'생명과 폐기물 사이' 사건을 몇 번인가 교정하고 있을 때 눈치챘다.

고양이 씨는 어떻게 우리 어머니가 "이놈의 고양이!"라고 한 걸 알고 있었을까. 그리고 어떻게 나를 "히짱"이라고 불렀을까. 히짱은 내 어린 시절 별명인데.

《낭록 냥즈》.

이 이야기는 원래 불로의 고양이가 주인공이었다.

어린 시절 나는 고양이에게 초콜릿을 줬나? 그러고 보니 그 고양이가 삼색 털 고양이였던 것 같기도?

"응? 으응?"

뭔가 이어질 것 같으면서도 이어지지 않는다.

속이 타지만 내 머리로는 이게 한계인 듯하다.

"어려운 건 떠올리지 말자. 다음번에 고양이 씨와 만나면 상의해야지."

그러니 얼른 와주지 않으면 곤란하다.

냥즈 없이는 이야기를 할 수 없는 냐트슨처럼 나도 고양이 씨가 없으면 냥즈의 뒷이야기를 쓸 수 없다.

야옹 하고 울어볼까 싶었지만 관두었다.

고양이에게는 고양이만의 사정이 있을 테고, 어쩐지 고양이 씨가 필요한 사람이 나 혼자만이 아닐 듯한 기분이 들었기 때문이다.

    나는 지금도 집 작은 창문을 잠그지 않고 고양이 씨가 찾아오기만을 기다리고 있다.

《명탐정 냥록 냥즈: 고양이 탐정은 양파를 먹는다》는 미스터리와 셜록 홈즈, 그리고 고양이를 좋아하는 분들께 좋은 선물이 될 만한 귀엽고 흥미로운 소설이다. 작품은 일본의 웹 소설 연재 플랫폼인 '소설가가 되자' 사이트에 연재되어 줄곧 인기를 끌다가 2018년 제6회 '인터넷소설대상'을 수상하며 책으로 세상의 빛을 보게 되었다. 현지에서는 귀여운 고양이를 주인공으로 한 미스터리 소설이라는 점에서도 독자의 눈길을 끌었지만, 코넌 도일의 '셜록 홈즈' 시리즈의 충실한 패스티시 작품으로도 좋은 평가를 받았다. 냥즈, 냐트슨 두 마리의 고양이가 하리모토 부인의 집에서 함께 사는 설정은 홈즈와 와트슨이 허드슨 부인의 '베이커가 221번지 B호' 하숙집에서 살던 설정에서 차용했고, 셜록 홈즈의 마약중독설을 고양이에게 유독한 양파와 초콜릿을 수시로 깔짝이는 냥즈 캐릭터로 재해석한 것은 물론, 《주홍색 연구》, 《바스커빌

가의 개》,《얼룩 끈의 비밀》 등 '셜록 홈즈' 시리즈의 유명 작품 속 여러 설정을 재치 있게 가져와 흥미진진하게 풀어냈다.

무엇보다 이 작품의 가장 큰 특징은 인간의 눈에서 본 고양이의 이야기를 그리거나 고양이를 무리하게 의인화하지 않고 그야말로 고양이가, 고양이의 시선으로 바라보는 듯한 인간 세상의 모습을 그렸다는 점이다. 인간의 눈으로 보면 사건은 고사하고 별일도 되지 않을 사소하고 당연한 일들이 고양이의 눈에서 보면 크나큰 사건, 미스터리가 될 수도 있다는 사실을 재미있고 설득력 있게 묘사했다. 또한 '고양이 달 밤 집회'나 '동찰', '독시' 같은 통통 튀는 설정을 통해 인간은 알지 못하는 동물들만의 독자적인 세계를 훌륭하게 구축한 것도 좋은 점수를 줄 만한 요소라고 생각한다.

작품은 마지막에 속편을 암시하며 끝을 맺는데, 실제로 작품의 근간이 되는 웹 연재본에는 냥즈의 라이벌 격인 '모리냐티'나 '마이크로 고양이' 같은 캐릭터도 등장한다고 한다. 셜록 홈즈 팬들이 들으면 입가에 절로 흐뭇한 미소가 지어질 만한 이야기다. 비록 속편이 아직 책으로 정식 출간되지는 않았지만, 현지에서도 속편 출간과 시리즈화를 원하는 독자들의 목소리가 높아 출간될 가능성도 있어 보인다. 마지막에 등장하는 검은 용 이야기를 비롯해 앞으로 펼쳐질 냥즈와 냐트슨의 모험담은 무궁무진한 듯하니, 이 매력적인 이야기와 캐릭터들을 속편을 통해 다시 만날 수 있게 되기를 진심으로 기원해본다.

사담이지만, 나 역시 집에서 고양이 두 마리를 기르는 고양이 집사다. 두 마리의 이름은 미쉘, 찰리인데 신기하게도 표지의 냥즈, 냐트슨의 모습과 아주 꼭 닮았다. 검정 턱시도 고양이인 찰리는 날카로운 이미지의 냥즈를, 은빛 고등어 무늬 고양이 미쉘은 동글납대대한 냐트슨의 얼굴을 빼다 박았다 (성격이 정반대이기는 하다. 찰리는 느긋, 미쉘은 예민). 그래서 처음 번역을 제안받았을 때는 이 작품을 맡게 된 게 운명은 아닐까 속으로 흠칫 놀랐고, 그 뒤로는 나름의 사명감(?)과 애정을 듬뿍 담아 작업할 수 있었다.

아무튼 그런 이유로《명탐정 냥록 냥즈: 고양이 탐정은 양파를 먹는다》는 내게도 여러모로 의미가 깊고 특별한 작품이다. 그렇지만 고양이 씨가 없으면 냥즈의 뒷이야기를 못 쓴다는 작가처럼 나도 옆에서 늘 물심양면으로 나를 도와주는 사랑하는 아내와 두 마리의 고양이가 없었다면 이 작품을 무사히 번역하지 못했을 것이다. 아내와 두 고양이를 비롯해 좋은 작품을 번역할 기회를 주신 스튜디오 오드리 출판사 관계자분들과 출간에 이르는 과정에서 힘써주신 모든 분들, 그리고 책을 읽어주신 독자분들께 지면을 빌려 감사의 마음을 전한다.

2019년 겨울

이연승

명탐정 냥록 냥즈

고양이 탐정은 양파를 먹는다

초판 1쇄 인쇄 2020년 1월 10일
초판 1쇄 발행 2020년 1월 17일

지은이 히로모토
옮긴이 이연승

편집인 이기웅
책임편집 이경란
편집 곽세라, 한의진
디자인 최윤선
마케팅 유인철
제작 제이오

펴낸이 유귀선
펴낸곳 모모
출판등록 제2019-000221호(2019년 7월 18일)
주소 서울시 마포구 양화로 161 726호
이메일 odr@studioodr.com

ISBN 979-11-968143-2-8 (03830)

모모는 (주)스튜디오 오드리의 문학 브랜드입니다.

이 도서의 국립중앙도서관 출판예정도서목록(CIP)은 서지정보유통지원시스템 홈페이지(http://seoji.nl.go.kr)와 국가자료종합목록 구축시스템(http://kolis-net.nl.go.kr)에서 이용하실 수 있습니다.
(CIP2019052357)